EAT
悪魔捜査顧問ティモシー・デイモン

田中三五

富士見L文庫

E.A.T

The Exceptional Affairs Team

M E N U

プロローグ

そのとき、かの『我が子を食らうサトゥルヌス』が頭を過《よぎ》った。目の前に広がる光景が、フランシスコ・デ・ゴヤによって描かれたあの悍《おそ》ましい絵にあまりにも似ていたからだ。ニューヨーク市警《NYPD》の急襲部隊に属するミキオ・ジェンキンスは、幻覚でも見ているのかと我が目を疑うしかなかった。

眼前に聳《そび》え立《た》つは、一体の怪物。

製薬会社が所有する倉庫の中で、8フィートを超える巨大な生物が暴れ狂っている。太い腕がすばやくこちらに伸び、ミキオの隣にいた男の胴体を鷲掴《わしづか》みにした。隊員は悲鳴をあげながら拳銃を数回発砲したが、攻撃は一切効いていない。ガバメントの弾丸を受けてもなお平然としているその化け物は、大きな口を開けて隊員の頭部に噛《か》みつくと、そのまま胴体から喰《く》い千切ってしまった。バリバリと音を立てて頭蓋骨を噛み砕《くだ》き、骨ごと脳髄をごくりと飲み込んだ。

頭を失《な》くした同僚の死体が地面に力なく転がる。彼には妻がいて、生まれたばかりの娘もいた。無残な姿を目の当たりにした瞬間、顔も名前も知らない彼の家族のことがミキオの頭を過った。愛する夫が、心優しい父親が、こんな最期を迎えるなんて想像できただろうか。

さらに怪物は別の隊員を捕まえると、その四肢を引き千切り、倉庫の壁に向かって投げつけた。辺りに同僚の肉片が飛び散り、ミキオの体にも生温《なまぬる》い血飛沫《ちしぶき》が降りかかった。

これは悪夢以外のなにものでもなかった。隊員たちは皆、言葉を失い、次は我が身だと震えている。顔はひどく青ざめ、誰もが戦意を喪失していることは明らかだった。

特殊部隊の精鋭が、その怪物の前ではまるで生まれたばかりの赤子同然であった。これまで数多くの凶悪犯を制圧した実績を誇る彼らが、次から次へと、一体の怪物によってあっけなく殺されていく。ある者は体を半分に引き千切られ、ある者は虫けらのように踏み潰され——怪物は虐殺の限りを尽くした。

そこはまさに地獄だった。大量の鮮血が飛散し、強烈な死の臭気が蔓延《まんえん》している。あまりの惨《むご》たらしさに、ミキオは強い吐き気を覚えた。どうか悪い夢であってくれと祈った。

全員が瞬く間に殺され、気付けば自分だけがその場に残されていた。ミキオは怪物に向かって何度も発砲した。拳銃も、ライフルも。手榴弾《しゅりゅうだん》も投げた。武装した銃火器すべてを駆使し、応戦した。

しかしながら、すべては無駄な抵抗だった。

絶望的な戦況にミキオは打ちひしがれた。心はとっくに折れていた。どう足掻《あが》いても敵《かな》う相手ではない。遅すぎる撤退に移ろうとした、そのときだった。後退《あとずさ》るミキオの腰を怪物の腕が捉えた。そのまま持ち上げ、大きな口へと引き寄せようとする。化け物が、今にも自分を喰らおうとしている。ミキオは装備しているサバイバルナイフをとっさに引き抜き、その怪物の右目に思いきり突き立てた。

ミキオの反撃に怪物が悲鳴をあげる。まるで地響きが起こったかのような怒号が辺りを包んだ。怪物は痛みに喘《あえ》ぎ、怒りにまかせてミキオを力一杯叩《たた》きつけた。硬く冷たい地面に激突し、全身に衝撃が走る。体が大きく撓《しな》り、頭を強く打ち付けたミキオは、そのまま気を失ってしまう。遠《とお》退《の》く意識の中、自らの死を覚悟しながら。

——そこで、いつも目が覚める。

そして、ミキオは気付く。

また、あの日の夢を見たのだと。

1　ニューヨークの人喰い悪魔

ニューヨーク市警の人事担当からメールが届いたのは、怪我《けが》が完治し、退院を許されたまさにその日のことだった。人事の通達には、「この場所へ行き、FBIのモリス捜査官に会ってくれ」という旨の一文と、その行先《いきさき》の住所が記されているだけで、目的や理由についての説明は一切なかった。もちろん、「退院おめでとう」というような気の利いた一言もない。

なぜ連邦捜査局のエージェントが自分のような一介の警官を呼びつけるのか、そのモリス捜査官とはいったい何者なのか、状況はなにひとつ摑《つか》めないままだが、ミキオは指示に従うほかなかった。とある事件により、ミキオは現在休職中の身であり、おまけに上司からは自主退職を促されている。近いうちに市警のバッジと支給品の拳銃を返却し、独身寮から立ち退かざるを得ない状況にあった。特殊部隊の隊員だった男がただの無職のホームレスとなるのも時間の問題だ。ひとまず今は、そのモリスという人物に会うこと以外、ミキオに選択肢はなかった。

指定された場所はウエストヴィレッジにある古めかしい建物だった。入り口にある『関係者以外立ち入り禁止』の文字に一瞬躊躇《ためら》いを覚えたが、ミキオは扉に手を伸ばした。鍵は開いていた。

重い扉を押して入ってみれば、そこは図書館のようだった。それほど広くはないが、部屋の至るところに本棚が並び、膨大な数の書物が所蔵されている。しばらく使われていないような埃《ほこり》っぽい臭いが鼻をかすめた。

「――ジェンキンス隊員」

不意に名前を呼ばれ、ミキオは足を止めた。声がした方へと視線を向けると、奥の本棚の前に黒人の男が立っているのが見えた。

「あなたがモリス捜査官？」

訊《き》けば、男は「そうだ」と頷《うなず》いた。

「エドワード・モリスだ。よろしく」

モリスが歩み寄り、手を差し出す。歳《とし》は四十前後だろうか。品のある口髭《くちひげ》を蓄えた、利発そうな相貌の男だった。一瞬、どこかで見たことのある顔だと思ったが、思い出せないままミキオはその分厚い掌《てのひら》を握り返し、握手を交わした。

モリスは仕立てのいいモスグリーンのスーツ姿で、捜査官というよりもむしろやり手のトレーダーといった雰囲気だった。対するミキオは白いTシャツにジーンズという、その辺にいる学生のようなラフな格好をしていたが、モリスは特に咎《とが》めもせず、にこやかな表情で応じてくれた。「ご足労ありがとう。さあ、こちらへ」

辺りを見渡しながら、ミキオはモリスに尋ねた。「まさか、俺のためにわざわざ図書館を貸切《かしきり》に？」

というのは冗談のつもりだが、この場にいるのはモリスとミキオの二人だけである。図書館のスタッフらしき者の姿はなく、当然ながら、レポートに励む学生も新聞に目を通す老人もいない。

訝《いぶか》しがるミキオに、

「ここはＦＢＩが所有する物件でね。予算不足で閉館になった図書館を組織が買い取ったものなんだ」

と、モリスが説明した。

「これから新しい捜査チームを立ち上げることになったんだが、残念ながらニューヨーク支局に部屋の空きがなくてな。代わりに、この建物をオフィスとして使わせてもらうことにしたんだよ。ここにある書物は、言わば捜査資料のようなものだ」

本棚に囲まれた部屋の中央に少し開けた場所があった。天井には小ぶりなシャンデリアが吊《つ》るされ、赤い絨毯《じゅうたん》の上には二対の大きなソファとローテーブルが置かれている。図書館時代の名残のようだ。「そこに座って」とモリスに促されたので、ミキオはロココ調の赤いソファに腰を下ろした。大仰な見た目の割に、座り心地はたいしたことなかった。

ミキオと向かい合うようにソファに腰を下ろしてから、

「事件のことは聞いたよ」気の毒そうな顔でモリスが言う。「大変だったな」

たしかに、あれはハードな事件だった。いろいろと。思い返し、力なく頷く。「ええ、そうですね」

「だが、過ぎたことだ。気に病むなよ。君はよくやった」

ミキオはなにも答えず、ただ自嘲をこぼした。「よくやった」だなんて、あのときの自分の働きには不相応な言葉だ。なにひとつやり遂げられなかったのだから。

任務は失敗し、仲間は全滅した。労《ねぎら》いの声をかけられる資格はない。

あの事件は大々的に報道された。ミキオの所属する特殊部隊が立てこもり犯の制圧任務に失敗し、隊員九名が惨死したという悲劇のニュースは全米に衝撃を与えたが、人々の興味はそう長くは続かなかった。その事件の一週間後に、連続殺人鬼ティモシー・デイモン――五十七人を殺して食べたカニバリスト――が逮捕されると、アメリカ国内のニュース番組はすべてその話題でもちきりとなった。ニューヨーク在住の現代版ハンニバル・レクターが、市民の関心を根こそぎ掻《か》っ攫《さら》ってしまったのだ。

あれから半年以上が経《た》った今ではもう、殉職した隊員たちの存在は世間から風化しつつある。しかし、ミキオだけはいつまで経っても忘れられずにいた。そして同時に、忘れてはいけないと己を戒めていた。自身が事件の生存者で、唯一、犯人の正体を知る目撃者でもあるからだ。

「怪我の具合はどうだ？」モリスが尋ねた。

幸運にも命は助かったが、ミキオはあの事件でかなりの重傷を負った。出血が酷《ひど》く、骨も数本折れていて、内臓の損傷も激しかった。完治するまでに六か月の月日を要し、今日になってようやく退院できたのだ。むしろ、あれだけの怪我を負いながら、たったの半年で復帰できたことは奇跡かもしれない。人間離れした驚異的な回復力だと担当医も驚いていた。

「見ての通りです」ミキオは作り笑いを浮かべた。「もうすっかり治りましたよ。昔から体だけは丈夫なもので」

「それはよかった」

微笑《ほほえ》みを返すモリスに、ミキオは心の中で首を捻《ひね》る。それにしても、この男はいったい何者なのだろうか。どうして自分をここに呼び出したのだろうか。訊きたいことは山ほどある。

まじまじと男の顔を見つめていたところで、不意に気付いた。

「……あなたを見たことがある」

この男をどこで見かけたのか、やっと思い出した。あれはまだ、ミキオが駆け出しの警官だった頃の話だ。

「前に、あなたの講習を受けた。たしか、プロファイリングについての」

間違いない。研修のために警察署長がクワンティコから招いた特別講師の中に、この男がいた。道理で見覚えがあるわけだ。

「ああ」モリスは素直に認めた。「アメリカ中の警察署で心理捜査のノウハウを教えていたからな。どこかで顔を合わせたことがあるかもしれない。といっても、今はもう行動分析課の所属ではないんだが」

「元プロファイラーが、俺に何の用ですか」

尋ねたが、思い当たる理由がないわけではなかった。心理捜査官が自分に接触する目的はひとつしかない。まさか、とミキオは顔をしかめる。

「……もしかして、これもカウンセリングの一環？」

疑うような目つきで相手を見つめると、モリスは違うと言わんばかりに肩をすくめてみせた。

「たしかに、君にはカウンセリングが必要だな。任務中に仲間を失い、自身も大怪我を負ったのだから。恐ろしい体験をした上に、自分だけが生き残ったことで自責の念にも苦しめられている。これ以上PTSDが酷くなる前に、ちゃんと専門家に診せて心のケアをした方がいいだろう。……だが、それは私の役目じゃない」

どうだか、とミキオは心の中で悪態をついた。

「入院中、心理学者やカウンセラーが俺の病室に来ました。それも何度も、何人も。精神的に不安定だって連中が診断したおかげで、俺はすっかり変人扱いですよ。警察もクビになりそうだ」

「酷い話だな」と、モリスは眉を下げた。

「みんな、俺の頭がおかしくなったと思ってる。俺があんなことを言ったから」

「君は正常だ。どこも悪くない」

「気休めはいりません。はっきり言ったらどうですか？　あんただって、そうなんでしょう？　どうせあんたも、俺のことをイカれた奴だって思ってるはずだ」

「そんなことは思っていないよ」

「嘘《うそ》だ」

「嘘じゃない」

「だったら、信じてくれるんですか、俺の話を」

ミキオは試すような目つきで相手を見据えた。

「俺の仲間を殺したのは、怪物だった――って」

あの事件の日、いったいなにが起こったのか。どうして九名もの優秀な隊員たちが命を落とすことになったのか。

その真実を知る者はいない。ミキオを除いては。

男が立てこもっている建物に突入し、制圧する――よくある任務のはずだった。ところが、武装した隊員十名が煙幕弾を使って中に立ち入ったところ、そこにいたのは人間ではなかった。

怪物だったのだ。

まるでパニック映画のワンシーンのように、得体の知れない大きな化け物が暴れ回っていた。その化け物が仲間を無残に殺し、ミキオ自身にも大怪我を負わせた。

どのようにして自分が助かったのかは、覚えていない。意識を取り戻したときにはすでにミキオは病院のベッドの上にいて、上司から同僚全員の死を知らされた。部隊は立てこもり犯の反撃を受け、ミキオを除く全員が銃殺されたのだ、と。

「俺たちを襲ったのは、人間じゃなかった」

テロリストに立ち向かった勇敢な警官らの死――ニューヨーク・タイムズにはそんな見出しが載っていた。皆、それを疑わなかった。犯人を憎み、英雄たちの死を悼んだ。

銃殺？　テロリスト？

ミキオは耳を疑った。

ありえない。そんなのはでっち上げだ。自分はたしかにこの目で見たのだ。体を裂かれ、踏み潰され、怪物に命を奪われる仲間の姿を。

入院している間に事情聴取が行われ、ミキオは真実を主張した。なにか人間ではない生き物がいて、そいつが九人の隊員たちを喰《く》い殺したのだと。ところが、薬物検査と精神鑑定を受けさせられるだけで、誰もミキオの証言に耳を貸そうとはしなかった。非現実的な存在を大真面目に語る男を、周囲は気の毒そうな眼差《まなざ》しで見つめるだけだった。きっと事件のショックで錯乱しているのだ、と。

このモリスという捜査官だって、どうせ連中と同じだろう。

そう踏んでいたが、彼はミキオを笑い飛ばすことも、気の毒そうに同情や共感を示すこともなく、ただ大真面目な顔で首肯した。

「もちろん、君の言うことを信じるよ」

こんな反応が返ってきたのは初めてだ。ミキオは内心驚いたが、手放しで喜ぶわけにもいかなかった。彼の言葉は本心なのだろうか。どうにも信じられない。適当に話を合わせておいて、自分の心を懐柔しようという魂胆なのかもしれない。いかにも心理分析官が使いそうな手だ。

猜疑心《さいぎしん》を抱くミキオを余所《よそ》に、モリスは着々と話を進めていく。「実は、君に会わせたい男がいる。そろそろ来るはずなんだが……」

彼は壁の時計を一瞥《いちべつ》した。時刻はちょうど昼の一時を過ぎた頃合いだ。

「コーヒーでも買ってこよう。長い話になるだろうしな」と、モリスが腰を上げる。「君はここで待っていてくれ」

呼び止めるミキオを無視し、モリスは図書館を後にした。

閑散とした部屋にひとり残されたミキオは、深いため息をつくしかなかった。精神病のレッテルを貼られた警官をこんなところに呼びつけて、いったいモリスはなにを企《たくら》んでいるのだろうか。どこの誰と引き合わせるつもりなのだろうか。コーヒーなんてどうでもいいから、さっさと本題に入ってもらいたいところだ。

図書館の扉が再び開いたのは、その数分後のことだった。やけに早く戻ってきたなと思いきや、現れたのはモリスではなかった。強い香水の匂いが鼻を刺し、若々しい声が室内に響く。

「遅れてすまない、モリス」

男が現れ、こちらに向かって歩いてきた。

いったい誰なんだ。ミキオは目を凝らした。

見たところ、まだ若い男だ。自分と同じく三十手前くらいだろうか。手足の長い、すらりとした痩身で、黒いタートルネックセーターに黒いスラックス姿、おまけに黒い細身のロングジャケットと全身黒ずくめの格好をしている。それにしても、やけに厚着だ。八月のニューヨークを過ごす格好ではない。

服装以外においても、その男は実に風変わりだった。髪の色は、青みがかったシルバーグレイ。両サイドは短く刈り上げているが、前髪は長く癖があり、額に垂れている。肌は異常なまでに白く、血の気が引いているように見える。寝不足なのか隈《くま》が濃く、まるでメイクを施したように目の周りが黒ずんでいた。不健康そうで、いかにも怪しげな雰囲気の男だ。

「おや、モリスはいないのか」

男はきょろきょろと辺りを見渡してから、その切れ長の瞳をミキオに向けた。爬虫類《はちゅうるい》を彷彿《ほうふつ》とさせるような顔立ちだ。にんまりと唇を歪《ゆが》ませて笑顔を作り、「やあ」と片手を上げる。

「はじめまして、私は――」

男と目が合った瞬間、ミキオはすぐに気付いた。

この男を知っている、と。

見覚えがあった。入院中に何度も病院のテレビで見た。彼の顔写真は、あらゆるニュース番組で連日晒《さら》されていた。

「……ティモシー・デイモン！」

ミキオは勢いよく立ち上がり、無意識のうちに男の名前を叫んでいた。

ティモシー・デイモン――通称、ニューヨークの人喰《ひとく》い悪魔《デーモン》。マスコミは彼をそう名付けた。過去に五十七人もの男女を殺した上に、その肉を食べた、正真正銘のシリアルキラーだ。

事件が発覚したのは、今から半年前。死体を運んでいるティモシーを目撃した近所の住人による通報がきっかけだった。警察が自宅に踏み込んだ瞬間、ティモシーは夕食の真っ最中で、テーブルの上には前菜からメインディッシュ、さらにはデザートまで、丁寧に料理された人肉のフルコースが並んでいたという。その上、自宅の庭には五十七人分の死体や人骨が埋まっていたとも報じられていた。

逮捕された当時のティモシー・ディモンは髪が長く、髭《ひげ》を無造作に生やしていて、マリファナとチャールズ・マンソンをこよなく愛するヒッピーかぶれのような風貌だった。ところが、今ミキオの目の前にいる男は髪を短く切り、髭を剃《そ》り、すっかり小奇麗になっている。まるで別人だ。それでも、その骸骨のように窪《くぼ》んだ目元や暗く淀《よど》んだ青い瞳、こけた頬、鋭く尖《とが》った耳や鼻は、逮捕当時から少しも変わっていない。彼の正体を見抜くには十分だった。目の前にいる男は、あの連続殺人鬼ティモシー・ディモンに違いない。

ミキオの確信はどうやら当たっていたようで、ティモシー・ディモンは上げた手を下ろし、「自己紹介は必要なさそうだ」と笑った。

「よくわかったね。イメチェンしたから、今まで誰にも気付かれなかったのに。君は実に勘がいい」

「嘘だろ、おい」ミキオは目を疑うしかなかった。「ニューヨークの人喰い悪魔が、どうしてこんなところに――」

言葉を失うミキオに対して、殺人鬼は不気味に笑いかけてくる。「ニューヨークの人喰い悪魔、か。何度聞いても嫌な響きだ。センスがない。それにしても、マスコミというものはすぐ犯罪者に名前をつけたがるな。殺人道化師《キラー・クラウン》、赤い切り裂き魔、満月の狂人、サクラメントの吸血鬼――センセーショナルな言葉で市民の恐怖と興味を煽《あお》りたいのだろうが、悪趣味だと思わないか？　彼らの過剰報道にはうんざりするよ」

「お前、死刑になったはずじゃ……」

信じられなかった。ティモシー・デイモンの死はあれだけ大々的に報道されていた。入院中、何度もテレビで見聞きしたし、新聞にも載っていた。逮捕から死刑執行まで異例のスピードだった、と。

それなのに、今、ティモシーは目の前にいる。

これはいったいどういうことなんだ。ミキオの頭は混乱した。まさか、刑務所から脱獄したのか？　国はその失態を隠匿している？

すると、

「ああ、そのことか。それにはいろいろと込み入った事情があってね」と、ティモシーは曖昧に答えた。「君がミキオ・ジェンキンスだね？　どうぞよろしく――」

「動くな！」

香水の匂いが強くなり、ミキオはとっさに身構えた。携帯していた拳銃を手に取り、歩み寄ろうとする殺人鬼に銃口を向ける。

「そこから一歩も動くな！」

鋭い声で脅すミキオに、ティモシーは「握手しようとしただけじゃないか」と冷やかすような声色で言った。

どうして俺の名前を知っているんだ、と問《と》い質《ただ》そうとした、そのときだった。再び図書館のドアが開いた。

「遅くなってすまない、ジェンキンス君」

今度こそモリスが戻ってきたようだ。両手にコーヒーを抱えている。

「店が混んでいてね、まいったよ」

モリスは三人分のカップを持っていたが、ティモシーに銃を向けているミキオを見つけると、危うくホルダーごと床に落としそうになっていた。

対峙《たいじ》している二人の姿を見比べたモリスは、困り顔でため息をつき、

「……すっかり打ち解けたようだな」

と、皮肉をもらした。

「おかげさまで」

銃を向けられているにもかかわらず、ティモシーは平然としている。耳たぶにぶら下がった派手なピアスを退屈そうに弄《いじ》るだけだ。

コーヒーをカウンターに置いてから、

「ジェンキンス、落ち着け。銃を下ろすんだ」

と、モリスが諭すような声で言った。

その一言に、ミキオは目を丸くした。まさか、咎《とが》められるのが自分の方だとは思わなかった。「正気ですか」

「銃を下ろせ」

「この男が何者か、知らないわけじゃないでしょう！」

ティモシーの顔を銃で指し、

「こいつは人間じゃない！　殺人鬼の化け物だ！　五十七人も殺して――」ミキオは声を張りあげた。

モリスが頷《うなず》く。「その肉を食べたんだぞ！」

「ああ、よく知ってるよ。私が取り調べしたからな」

「ニュースではそう報道されていたが、実は五十七という数字は正確じゃない」指先で唇を撫《な》でながら、ティモシーがにやりと笑う。「その百倍は食べたかな」

「イカれ野郎め！」

ミキオはかっとなり、引き金に指をかけた。

「こら、デイモン。煽るんじゃない」

モリスが窘《たしな》めても、口の減らない殺人鬼はにやにやと笑うだけだった。

「なんで、こんな奴が、野放しになってるんだ！」銃を構えたまま、ミキオは半狂乱になって声を荒らげた。

「その理由を今から説明しよう。だから、まずは銃を下ろしてくれないか」モリスが説得を続ける。「頼むよ、ジェンキンス」

「モリス、ここは私に任せてくれ」ティモシーが口をはさんだ。「説明するよりも、実際に見てもらった方が話が早いだろう」

モリスは「なにをする気だ」と眉間に皺《しわ》を寄せ、不安そうに殺人鬼の出方を窺《うかが》う。ティモシーはなにも答えなかった。

その代わり、

「早く引き金を引け」とミキオに声をかけ、口角を上げた。「私が君を撃つ前にね」

次の瞬間、ティモシーが動いた。モリスにすばやく近付き、腰に差さっている拳銃を奪い取ると、その銃口をミキオに向けて構えた。

撃たれる、と思った。

そして、殺《や》らなければ殺られる、とも思った。

ミキオはとっさに引き金を引いていた。相手よりも先に、発砲した。

しずかな館内に似つかわしくない、一発の銃声が鳴り響く。

ミキオの弾はティモシーに命中していた。彼の額の、ど真ん中に。

ティモシーは即死――のはずだった。

ところが――

「……なるほど、たしかにいい腕だ」

信じられないことに、彼は生きていた。

頭部に被弾したにもかかわらず、ティモシーは何事もなかったかのようにお喋《しゃべ》りを続ける。「ミキオ・ジェンキンス、さすがはニューヨーク市警が誇る急襲部隊の出身だな。取り乱していながらも、正確に急所を撃ち抜いている。……まあ、急所といっても、人間においての話だが」

彼の顔を見て、さらに驚いた。撃たれた額の傷が、いつの間にやらきれいに塞がっていたからだ。

「……嘘《うそ》だろ」ミキオは目を剥《む》いた。「どういうことだ、これは……」

信じられないことばかりで、頭がおかしくなりそうだ。

唖然《あぜん》としてその場に佇《たたず》んでいると、

「君の言う通りだよ、ジェンキンス」

と、しばらく黙っていたモリスが口を開いた。ティモシーから銃を取り返し、しずかに告げる。

「この男は、人間じゃないんだ」

一発の銃声が図書館内に轟《とどろ》いてから十数分が経《た》ったが、ミキオは未《いま》だその場に立ち尽くしていた。目の前で起こった出来事があまりにも理解の範疇《はんちゅう》を超えていて、ただただ呆《ぼう》然《ぜん》とするしかなかった。

自分はたしかにティモシー・ディモンを撃った。弾は急所に当たったはずだ。それなのに、あの食人鬼はぴんぴんしている。ソファに腰を下ろして足を組み、モリスから受け取ったコーヒーを優雅に飲んでいるのだ。その姿には、驚愕《きょうがく》を通り越して腹立たしさすら覚えてしまう。

モリスに諭され、ミキオは構えていた銃をホルスターに戻した。半ば、というよりほとんど放心状態だった。ソファに座るよう促されたが、殺人鬼に近寄りたくはない。柱にもたれかかるようにして立ち、心を落ち着けようとコーヒーに口をつけた。

「——ウェンディゴ症候群、というものがある」

なんともいえない空気が漂う中、最初に口を開いたのはモリスだった。

「ウェンディゴというのは、ネイティブアメリカンの間で言い伝えられている、食人種《マンイーター》の怪物のことだ」

モリスはティモシーとミキオのちょうど中間あたりに位置取り、まるでFBIのアカデミー生に講義をしているかのような教授然とした口調で説明をはじめた。

「人間が『自分はウェンディゴである』と思い込み、人肉を欲するようになる――これがウェンディゴ症候群だ。家族全員を殺して食べ、1879年に死刑になったスウィフト・ランナーというネイティブアメリカンの男がいるが、彼もまた『自分はウェンディゴに取《と》り憑《つ》かれていた』と主張していた」

「講釈は結構です」

わざわざご丁寧に説明されなくとも、言いたいことはわかっている。ミキオは話の腰を折り、ティモシーに侮蔑の眼差《まなざ》しを向けた。「そこにいる殺人鬼も、それと同じ病気なんでしょう？　なにかの記事で読みました」

「FBIの取り調べの際、たしかにティモシーは自分がウェンディゴであると主張していた。だから我々も、彼がウェンディゴ症候群であると疑わなかった」

「ところが、実際は違った」

今度はティモシーが口を開く。

「この私、ティモシー・デイモンはウェンディゴ症候群ではなく、なんと正真正銘、ウェンディゴそのものだったのさ」

いったいなにを言い出すかと思えば、と眉をひそめてティモシーを睨《にら》んだが、相手はこちらに向かって口の端を上げてみせるだけだった。まるで蛇や鰐《わに》に狙われているかのような寒気を覚え、ミキオはすぐに目を逸《そ》らした。

咳払《せきばら》いをしてから、モリスが話を続ける。「信じられないだろうが、ティモシーの言葉は事実だ。死刑が執行されても、彼は死ななかった」

「ウェンディゴは電気椅子じゃ殺せない」長い前髪をかき上げながら、ティモシーは得意げに言った。

「そこで、研究チームが彼の体を詳しく調べてみたところ、たしかに人間ではないことが判明したんだ。ティモシー・デイモンは正真正銘、本物のウェンディゴだ」

「馬鹿馬鹿しい」

ミキオは彼らの話を鼻で笑い飛ばした。

「ウェンディゴ？　なにを言ってるんだ。そんな怪物、この世にいるわけが――」

と言いかけたところで、唇がぴたりと動きを止める。半年前の記憶が頭を過《よぎ》り、ミキオははっと息を呑《の》んだ。

「いるわけがない、とは言えないだろう？」モリスが低い声で問う。「現に、君はすでに怪物を見ている」

彼の言う通りだ。

特殊部隊が襲われた、あの事件。あの日、自分の目の前にいたのは、まさに怪物そのものだった。

「じゃあ、俺が見たアレは——」

「そう」モリスが頷く。「君は幻覚を見たわけでも、頭がおかしくなったわけでもない。ただ、隠されていた真実を知っただけなんだ。人外の生物《ノンヒューマン》が、実際にこの世に存在するということを」

怪物は、存在する。

ファンタジーの世界にいるような人外の生き物、獰猛《どうもう》なモンスターたち、それらはこの世に実在している。

信じられないような話だが、他でもない自分自身が、その怪物の目撃者なのだ。モリスの言葉も、ティモシーの正体も、否定するわけにはいかなかった。そうすれば、自分自身を否定することになってしまう。

「だから私は、君の話を信じると言ったんだ」モリスはさらに続ける。「国は、ノンヒューマンの存在を隠している。国民がパニックに陥らないよう情報操作をしているんだ。例の一件をただのテロリストの立てこもり事件として処理したのも、周囲が君を変人に仕立て上げようとしたのも、そういう理由があってのことだった。だが事実、この世には、ティモシーのように人間に紛れている怪物が多く存在する。そして、そんな怪物が時に、人間に害を及ぼすこともある」

普通の人間ならば到底受け入れられない内容だが、ミキオにとってそれらの話は、実際にこの目で見て、すでに経験したことだ。

「……俺は、正気なんだな」

発言を否定され続けたことで、自信を失いかけ、確信が揺らぎつつあった。俺は本当に化け物を目撃したのだろうか、実のところはただの幻覚で、俺の頭がおかしくなっただけなんじゃないだろうかと、自分の記憶を疑いそうになることもあった。

──だが、俺は間違ってなかった。

その事実を知り、ミキオは深く安堵《あんど》した。

少しだけ冷静さを取り戻し、落ち着いたトーンで言葉を紡ぐ。「事情は理解できました。俺もあなたの話を信じます、モリス捜査官」

それでも、まだ疑問は残っている。ソファで寛《くつろ》いでいるティモシーを指差し、ミキオは尋ねた。

「ですが、その男は、なぜここに？」

ティモシーの正体が人間ではなく、ウェンディゴという怪物なのだとしたら、それこそ野放しにしておくべきではない。退治してしまうか、それができなければ檻《おり》の中に閉じ込めておかなければ。食人モンスターが暢気《のんき》にコーヒーを飲んでいるこの状況は、明らかに間違っている。

「司法取引だよ」

答えたのはモリスではなく、ティモシーだった。

「自由を与えられる代わりに、ＦＢＩの手伝いをすることになったんだ」

「さっき言ったよな、新しい捜査チームを立ち上げることになった、って」モリスが説明を加える。「怪物絡みの事件を捜査するために、ＦＢＩは専門の極秘ユニットを発足させた。The Exceptional Affairs Team《特殊事件捜査班》――通称ＥＡＴ《イート》。そのチームを、こうして私が率いることになったんだ。ここはそのためのオフィスで、ティモシーにはチームの捜査顧問《コンサルタント》を引き受けてもらった。我々が知らない世界のことにも、怪物である彼なら造詣が深いだろうからな」

「そう。いわば、私はノンヒューマンの専門家だ」ティモシーが指先をこちらに向けた。

鋭く尖《とが》った黒い爪が嫌でも目についてしまう。「コロンブスがやって来る前から、私はこの大陸で暮らしてたんだよ。若く見られがちだがね。今日に至るまでの間、この目で数多くの生き物を見てきた。だから、ノンヒューマンに関する知識も豊富だ。きっと君たちの役に立てるはずさ」

「この犯罪者が、捜査を手伝うのか？」

なにを馬鹿なことを、とミキオが眉をひそめると、

「珍しい話じゃないだろう」ティモシーは一笑した。「詐欺師のフランク・アバグネイルだって、出所後はFBIで働いていた」

「それとこれとは話が違う。アバグネイルは人を喰《く》ってない」

「小切手詐欺で人々を食い物にしていたじゃないか」

「そろそろ本題に入っていいかな、お二人さん」

モリスが咳払いをした。口論をはじめたミキオとティモシーに呆《あき》れ顔《がお》だ。

「ジェンキンス、君をここに呼び出したのは、オファーをするためなんだ。君にもぜひ、このチームの一員になってもらいたくてな」

「……え？」

突然の申し出に戸惑い、ミキオは眉間に皺《しわ》を寄せた。

「我々が相手にする犯人は、ただの人間じゃない。怪物たちだ。それなりの腕が必要になる。厳しい戦いになることもあるだろう。君は、部隊の中でも優秀な隊員だったと聞いている。その力を、ぜひとも我々に貸してほしいんだ」

モリスが率いる新たな捜査ユニット・EAT。彼は今、そのメンバーを集めている最中であり、今回ミキオを呼び出したのは、どうやらFBIへの引き抜きのためらしい。すでに怪物と接触した経験がある自分ならば、なおさら適任だと考えたのだろう。戦力として迎えるだけでなく、口封じにもなる。一石二鳥だ。モリスの狙いはよくわかった。精神疾患の烙印《らくいん》を押されて警官を辞めざるを得ないミキオにとってみれば、有り難い申し出ではある。

しかしながら、どうしてもイエスと言う気にはなれなかった。その理由はもちろん、そこにいる殺人鬼のせいだ。

「人肉嗜食者《カニバリスト》と仲良く仕事しろと？」ミキオは吐き捨てた。「冗談じゃない」

「カニバリズムという言葉は本来、人間が人間を食べる行為のことを指している。私は人間ではないから、カニバリストには該当しないよ」

「黙れ」

人間だろうと怪物だろうと、ティモシー・ディモンが人を殺して食べるような生き物であることに変わりはない。そんな奴と一緒に働くくらいなら、いっそのこと、このまま無職になった方がマシだった。

「有り難い話ですが、お断りします」

ミキオはきっぱりと答えた。

すると、モリスの表情が曇った。「こんなことを言いたくはないが、君の立場は今、かなり危ういぞ」

「どういう意味ですか」

「例の事件についての取り調べやカウンセリングの際に、君は怪物の存在を喋《しゃべ》ってしまっただろう？」

「ええ、まあ」

すべて正直に話した。誰も信じてはくれなかったが。

「それが、なにか問題でも？」

「君は、国家が隠蔽している最高機密を握っているわけだ。国にとってみれば厄介な存在だということになる」

モリスは真剣な表情で続ける。

「国家はこの事実を隠すために様々な手段をとってきた。過去にも、実際に怪物を見たと声高に主張し続けたUMAの研究者がいたんだが、その男は今、精神病棟に幽閉されているという噂《うわさ》だ。周囲からはすっかり病人扱いらしい。彼はただ、真実を主張していただけなのに」

モリスの話に、ミキオはぞっとした。

──なるほど、明日は我が身というわけか。

「このオファーを断れば、君もその男と同じ道を辿《たど》ることになるかもしれない。そのことを踏まえた上で、選んでくれ。我々と秘密を共有し、FBIで働くか。もしくは、このまま警察を辞め、国を相手に戦うか。こちらとしては、ぜひとも一緒に仕事をしたいと考えているんだが」

「俺を脅しているんですね」

「頼んでいるだけだよ」

理不尽な話だ。あの事件のせいで、あの怪物のせいで、自分の人生は酷《ひど》い有様《ありさま》だ。なにもかもが滅茶苦茶《めちゃくちゃ》になった。仲間も仕事も失い、生活も壊れ──なにより、自分が今こうして見ている世界が、すべてひっくり返ってしまった。

だからと言って、今の自分にはどうすることもできない。今更、怪物の存在を忘れ、何事もなかったかのように過ごすわけにもいかなかった。下手な意地を張らず、ここはおとなしくモリスの言うことに従っていた方がいいのかもしれない、という考えが否応《いやおう》なく頭に浮かんでしまう。

しばらく黙り込んだあとで、

「……わかりましたよ」ミキオは渋々、了承した。「せっかく退院したのに、また病院送りにされたくはないんでね」

ミキオの返事はモリスを喜ばせたようだ。彼は目を細め、手を差し出した。「EATへようこそ、ジェンキンス捜査官」

行先《いきさき》が精神病棟だというのなら、なおさら御免だ。

二度目の握手を交わすと、モリスは「実は、もう手続きは済ませてある」と言い、新たなID——FBIの身分証で、すでにミキオの顔写真と名前が入っている——を渡してきた。用意周到である。この男は最初から、ミキオが必ずオファーを受けると踏んでいたようだ。

「無事に話がついてなによりだ」

二人の問答を眺めていたティモシーが暢気に声を弾ませた。

ソファから立ち上がり、こちらに手を差し伸べてくる。「ティムと呼んでくれ」

「よろしく、相棒」と、

無視し、ミキオはティモシーに背を向けた。背後で「つれないなぁ」と苦笑する声が聞こえる。

「それで？」と、さっそくモリスに声をかける。「俺は、なにをすれば？」

「まずは、引っ越しだ」

モリスの指示に、ミキオは首を捻《ひね》った。「……引っ越し？」

ティモシー・デイモンの自宅はブルックリンにある。アパートメントと街路樹が並ぶ通りの一角、煉瓦《れんが》造りの二階建ての建物だ。こんな小洒落《こじゃれ》た場所で食人鬼が暮らしているなんて誰も想像しないだろうな、とミキオは近所の住人を気の毒に思った。

「新しい家に引っ越したんだ。まあ、ここはFBIが用意してくれたものなんだが。前に住んでいた郊外の一軒家は、マスコミのせいで住所が割れてしまってね。今ではちょっとした観光名所になっているよ。『食人館』と呼ばれているそうだ。家の前で記念撮影してSNSに写真を載せる若者が後を絶たないんだが、肝試しのつもりか勝手に侵入する輩《やから》もいるから困ったものだよ。いっそのこと、入場料でも取ろうかな。いい副業になると思わないかい？」

どうぞ、とティモシーは新居にミキオを招き入れた。

「二階にゲストルームがある。バスルームは一階の奥だ。もちろん、キッチンもリビングも、どこでも自由に使ってくれて構わない。なんたって今日からここは、君の家でもあるのだから」

これほどまでに嬉《うれ》しくない言葉があるだろうか、とミキオはさらに鬱々とした気分になってしまった。

段ボール箱を抱え、この上なく重い足取りで二階への階段をのぼりながら、ミキオは心底嫌そうな顔で文句を垂れた。「……なんで俺が、こんな人喰《ひとく》いの怪物と一緒に暮らさなきゃいけないんだ」

「仕方ないさ、私には見張りが必要なんだから。二十四時間態勢でね」

対するティモシーはやけに楽しげだ。

「それに、君は警官を辞めてFBIの所属になったんだから、NYPDの独身寮から出て行かなきゃいけない。新たに住む部屋が必要だろう？　馬鹿みたいに家賃の高いこの街での新居探しは、なかなかに気が重いものだ。これは君にとっても悪い話じゃないと思うがね」

「ここに住むくらいなら、いっそのこと地下鉄にいるホームレスの仲間になった方がマシだ」

モリスの話によると――司法取引が怪物にも有効なのかは謎だが――ティモシー・ディモンを自由にする代わりに国側が提示した条件のひとつに、常に監視を付けること、というものがあるそうだ。そして、どうにも納得がいかないが、その監視役にミキオが選ばれてしまったらしい。つまり、職場でも家でも、このニューヨークの人喰い悪魔と常に行動をともにしなければならない、というわけだ。組織にとってみれば、自分など所詮使い捨ての駒に過ぎないのだという本音を嫌でも悟ってしまう。

こんなことなら精神病棟に閉じ込められておくべきだった。その方が少なくとも身の安全は保障されるだろう。モリスのオファーを受けたことをミキオは少しだけ――いや、かなり後悔した。

「……モリスの奴め」と、舌打ちする。「最初から、俺に厄介事を押しつけるつもりだったな」

「厄介事とは心外だな」ティモシーはわざとらしく目を丸めてみせた。「君に迷惑をかけるつもりはないよ」

「お前を自由にするなんて、国もどうかしてやがる」

「首に埋め込まれたICチップで常に居場所を把握できる状態を、はたして自由と呼べるかは疑問だが」

ティモシーは自分の首筋を指差し、苦笑を浮かべた。

「殺人鬼のくせに檻《おり》の外に出してもらってるんだ。贅沢《ぜいたく》言うな」

「それは私に限ったことじゃない。利益と引き換えに、この国はこれまで大勢の極悪人を檻の外に出してきた。司法取引という制度は実に興味深いな。諸刃《もろは》の剣でもあるが、私に関しては問題ない。FBIとはこれからも良好な関係を築いていけそうだよ」

「どうだか」と、ミキオは吐き捨てた。

怪物の戯言《たわごと》など信用できない。いつ組織を裏切り、人間に牙を剝《む》くか知れたものではなかった。これから常に目を光らせておかなければ。それが、FBIから自分に与えられた役目でもある。

「洗濯は交代制で頼むよ。ランドリーは3ブロック先にある」

二階のゲストルームにはシンプルなベッドとクローゼットがあるだけだが、ミキオには十分だった。元々身軽なタイプなので、荷物も少ない。部隊の寮から持ち帰った段ボール箱を運び終えたところで、ティモシーが声をかけてきた。

「荷物の整理が終わったら、一階に降りてきてくれ。夕食にしよう」

部屋のドアを閉めながら、

「夕食?」ミキオは顔をしかめた。嫌な考えが過《よぎ》り、ぞっとする。「……まさか、俺のことじゃないよな?」

荷物の中身は着替えがほとんどで、片付けには十分もかからなかった。言われた通り階段を下り、キッチンへ向かうと、食欲をそそる匂いが漂ってきた。

広々としたキッチンに、シャツの袖を捲《まく》ったティモシーが立っている。傍《そば》にあるダイニングテーブルの上には、肉厚なステーキが用意されていた。

「お前が作ったのか?」

「料理は得意なんだ」赤ワインをグラスに注ぎながら、ティモシーが目を細めた。「君に関する資料に、ステーキが好物だと書いてあった。今夜は君の歓迎パーティだから、特別いい肉を用意したよ。どうぞ、召し上がれ」

正直、空腹だった。食欲には抗《あらが》えない。促されるままに着席し、ミキオは目の前のステーキを眺めた。ナイフを入れると、やや赤みの残った断面が現れる。

ひと口頬張り、ミキオは目を丸くした。悔しいことに、味は悪くない。焼き加減も絶妙だ。見た目からして牛肉だろうと思ったが、自分が普段食べている安物とは味も食感も大きく違っていた。いい肉を用意したというティモシーの言葉は、あながち嘘《うそ》でもないらしい。

「……美味《うま》いな。どこの肉だ、国産か？」

「まあ、そうだね。国産と呼ぶべきかな」ティモシーが曖昧な態度で頷《うなず》く。「アメリカ人だから」

ぶっ、とミキオは慌てて口の中の肉を吐き出した。急激に吐き気が込み上げ、何度も噎《む》せ返《かえ》っていると、ティモシーが「冗談だ」と笑った。

「笑えない冗談はやめろ！」

「君のは正真正銘、ただの高級牛肉だ」

「俺のは、ってことは――」

恐る恐る、ミキオは相手の皿に視線を移した。向かい合って座るティモシーの前には、同じように肉の塊が置かれている。

赤ワインをひと口飲んでから、ティモシーはにんまりと口角を上げた。

「アルミン・マイヴェスというドイツの殺人鬼は、人の肉は豚肉に似ていると言っていたらしいが、私はそうとは限らないと思うな。人間の味は実に様々だよ。その人間の生き様が、それぞれ肉の中に染み込んでいるからね。普段の食事や生活習慣によって、人の美味《おい》しさも変わるんだ」

ティモシーはステーキにフォークを突き立て、持ち上げた肉の切れ端を見つめながら続ける。

「この男は刑務所で規則的な生活をしていた上に、元々体を鍛えることが趣味だったらしい。そのせいか、食感がどことなく鳥の胸肉に似ているような気がする」

「そいつも」ミキオは震える指でステーキを指した。「お前が、殺したのか」

「殺したのは私じゃない、この国の法律だ。捜査協力の報酬として、私には国から死人の肉が与えられることになっているんだ。身寄りがなく、葬儀の当てもない死刑囚の肉が、冷凍保存されて送られてくる。私はそれを食べているだけさ」

「……報酬、だと？」

つまり、人肉を文字通り餌にして、この男をFBIで働かせているというのか。給料が死体のデリバリーだなんて、どこまでもインモラルな話だ。

FBIはいったいなにを考えているんだ、と啞然《あぜん》としていると、

「どうした、ミキオ。顔色が悪いぞ。……ああ、大丈夫。肉は別々のフライパンで焼いたから、安心してくれ」

と、ティモシーは笑顔で付け加えた。

そういう問題じゃない。目の前で人間が喰われているのだ。こんな状況で暢気《のんき》に飯を食っていられるわけがなかった。

ミキオは乱雑にフォークを捨て置き、席を立った。

皿から顔を上げ、ティモシーが小首を傾《かし》げる。「おや、もう食べないのかい？　大きな体の割に少食だな」

誰のせいだと思っているんだ。沸々と苛立《いらだ》ちがわいてくる。

「食欲が失《う》せた」

吐き捨てるように答え、ミキオは自室に戻った。

2　ポリスイーター

酷《ひど》い歓迎パーティだった。

同居初日からこの調子では先が思いやられるな、とミキオは眉をひそめた。そもそも種族が違うのだ。人間と、人間を食べる怪物。檻の中でライオンとウサギを一緒に飼うようなものじゃないか。しかもそのライオンは毎日他のウサギを餌にしている。そんな共同生活がうまくいくはずもない。

最悪の気分でゲストルームのベッドに寝転がっていたところ、ミキオはいつの間にか眠りについていた。病み上がりであることに加え、いろいろと振り回されてさすがに疲れも溜《た》まっている。肉体が睡眠に飢えていたようで、怪物がすぐ下の階にいるという緊張感ですら、強烈な眠気には勝てなかった。

眠っている間、ミキオは夢を見た。

怪物の襲撃を受けた、あの日の夢だ。

件《くだん》の事件以降、毎晩のように悪夢に苦しめられていた。瞳を閉じ、少しでも意識が混濁しはじめると、きまってあの地獄のような光景が脳内に再生されるのだ。仲間たちが無残に殺される中、ミキオはどうすることもできず、ただ立ちすくんでいる。そして、隊員たちを喰《く》い殺した怪物が、最後にミキオを手にかける。

悪夢はいつも同じ展開なのだが、不思議なことに、出てくる怪物の姿だけはなぜか毎回異なっていた。夢の中でミキオたちを襲う化け物は、あるときは角が生えていて、またあるときは体毛に覆われている。巨人のように大きな体をしているときもあれば、背中から羽が生えていることもある。恐ろしい悪夢に苦しみながらも、まるで観る度に悪役の俳優が代わるスプラッター映画を鑑賞しているような、不思議な気分でもあった。

それらの怪物は見たことも聞いたこともないような姿をしたものばかりだったが、この日の夢に出てきた悪役にはミキオも覚えがあった。シルバーグレイの髪に黒ずくめの服をまとい、不気味な笑みを浮かべる痩身の男——ティモシー・ディモンだ。あの不健康そうな青白い顔が、厭《いや》らしく歪《ゆが》む薄い唇が、先の尖《とが》った黒い爪が、同僚たちの返り血で真っ赤に染まっている。

はっと息を呑《の》み、ミキオは目を開けた。悪夢の途中で覚醒したのは、ふと嫌な気配を感じたからだった。

「おはよう」

視界にティモシーの顔が飛び込んできた。夢で見たばかりのあの殺戮者《さつりくしゃ》は薄ら笑いを浮かべ、ベッドで寝ているミキオを覗《のぞ》き込んでいる。

ミキオはとっさに動いた。枕の下に忍ばせていた拳銃を手に取り、仰向けの体勢のままティモシーの額に突きつけ、まるで寝込みを襲われたスパイのようなすばやい身のこなしで安全を確保しようと試みる。だが、グロックの引き金に指をかける前に昨日の出来事を思い出し、自分がいかに愚かなことをしているかに気付いた。

――そうだ、この怪物に銃は効かない。

ミキオは飛び起きると、今度はティモシーの体を突き飛ばした。黒服に身を包んだ痩身は無様な格好で床に転がり、小さく悲鳴をあげた。打ち付けた腰を摩《さす》りながら、「ずいぶんな挨拶だな」と拗《す》ねた子どものように口を尖らせている。

「ひどく魘《うな》されていたようだが、悪い夢でも見たのかい？　……ああ、言っておくが、盗み聞きしたわけじゃないぞ」

ゆっくりと起き上がりながら、怪物は弁解した。

「私は人間よりも聴覚が優れているから、嫌でも耳に入ってくるんだ。苦しげな声が聞こえてきて、どうしても気になってしまってね」

「勝手に部屋に入るな」

「驚かせて悪かった。君を起こしに来ただけだから、すぐに出ていくよ」

ミキオは拳銃を手にしたまま、ティモシーから距離を取った。退路を確保しようと、後《あと》退《ずさ》りでドア付近へと移動する。

「そこまで露骨に警戒しなくても」ティモシーは苦笑した。「時計を見てごらん、もう昼過ぎだよ。私は朝食も昼食もとっくに済ませてあるから、胃袋がパンパンだ。デザートに君まで食べる余裕はない」

冗談なのか本気なのかわからない言葉を告げてから、「そうそう」とティモシーは本題に入った。

「ついさっき、モリスから呼び出しがあった。これからオフィスに来てくれ、ってさ」

「今日は非番じゃなかったか？」

「緊急の招集だ。なにやら事件があったらしい」

ＦＢＩの捜査官は激務だ。電話一本で呼び出されれば、どこにいようと直ちに駆けつけなければならない。ミキオはすぐに支度をはじめた。

「どうだ、ルームシェアは。うまくいきそうかな？」

ＥＡＴのオフィスに到着したミキオに、モリスが楽しげな声色で尋ねた。他人事《ひとごと》だと思って、と悪態をつく代わりに、

「サバンナにいる草食動物の気持ちがよくわかりましたよ」と、ミキオはため息交じりに答えた。「いつ襲われるか気が気じゃなくて、心が休まりません」

「そのうち慣れるさ」

簡単に言ってくれる。胸の内が表情に出てしまっていたようで、モリスは「そんな顔をするな」と苦笑した。

「慣れる前に俺が喰われます。昨日だって、あいつ、人間をステーキにして食べてたんですよ。それも、俺の目の前で。あんな奴、野放しにしておくべきじゃない。普段は牢屋《ろうや》にブチ込んでおいて、必要なときだけ外に出したらどうですか。ハンニバルのクソ野郎には檻《おり》の中がお似合いですよ」

「私の悪口は私のいないところで言ってくれないかな？」隣にいたティモシーが口をはさんだ。

モリスは「急に呼び出して悪かった」と申し訳なさそうな顔をしたが、むしろ助かったとミキオは思う。家の中で怪物と二人きりで過ごすよりは、ここで仕事をしていた方が圧

倒的に気が楽だ。

「我々に事件の捜査依頼がきた。これを見てくれ」

モリスに促され、中央のテーブルに移動する。ミキオはロココ調のソファに腰を下ろしたが、ティモシーがその隣に座ろうとしたので立ち上がり、彼から距離を取った。

モリスはどこからかホワイトボードを引っ張り出してきた。そこに、捜査資料の中にある写真を貼り付けていく。二人の制服警官の顔写真だ。

「昨夜、ニューヨーク市警の警官が襲われた。被害者は23分署に所属するダニエル・ジョンソン巡査と、ブランドン・マーカス巡査。事件が起こったのは夜間の巡回中で、場所はハーレムの工場跡地、ここだ」

ボードに地図を貼ると、モリスは赤いペンで印をつけた。

「ジョンソンは死亡。マーカスは重体で、現在は病院で治療を受けている。一命はとりとめたが、意識はまだ戻っていない」

ミキオは首を傾げた。「なぜこの事件を我々が？　市内で起こった殺人なら、市警の管轄でしょう」

おまけに同僚殺しときたら、身内でカタをつけたいはずだ。市警がわざわざＦＢＩに協力を要請するとは思えない。

「それが、ただの殺人じゃないんだ。遺体から臓器がなくなっている」

「なんでも我々のせいにされては困るな」ティモシーが肩をすくめた。「臓器売買を手掛けるマフィアの仕業かも」

「喰われてるんだ」

モリスは殺害現場の写真を数枚、ボードに貼り付けた。惨《むご》たらしい姿の遺体を様々な角度から撮影したものだ。

「ジョンソン巡査は内臓を無造作に喰われてる。それも、出血量からして生きたまま喰われた可能性が高い」

犯行の光景を想像してしまい、ミキオは口を掌《てのひら》で覆った。「……飯を抜いてきてよかった」

「実は、先週も同様の事件が起こっているんだ。別の分署に勤務しているクレイ巡査とフーゴ巡査が殺された。どちらも手口は同じ。生きたまま内臓を喰われている。同一犯による犯行と見て間違いないだろう」

なるほど、とティモシーが頷《うなず》いた。「それならたしかに、犯人はノンヒューマンかもしれない。しかしながら、人肉が好きな人間の可能性も捨てきれないな」

モリスが反論する。「生きたまま食べる必要があるか？」

「相手を苦しませるのが好きなサディストなのかも。シリアルキラーに加虐的嗜好《しこう》を持つ者は珍しくないだろう？」

「たしかにそうだが、この事件の犯人は違うな。サディストなら、こんな暗がりで性急に襲うようなことはしない。相手の苦しむ顔がよく見える場所で、ゆっくりいたぶって愉《たの》しむはずだ。カメラを回して記録しようにも、ここじゃ暗くてよく映らないしな」

「胸糞悪《むなくそわる》い議論はそのくらいにして」と、ミキオは口をはさんだ。「話を先へ進めてもらえませんか」

「そうだな」モリスが頷く。「上層部はノンヒューマンによる犯行の線も考慮して、この事件を我々に回してきた。人間の重要参考人を当たるのは市警に任せて、我々は独自の視点から捜査していこう」

「ついに、この私の出番というわけか」

俄然《がぜん》事件に興味が湧いたようで、ティモシーが椅子から腰を上げた。

「俗に、ネコ科の動物は獲物を殺してから食べるが、イヌ科の動物は獲物が生きていても構わず齧《かじ》り付《つ》くと言われている。被害者が生きたまま喰われているということは、イヌ科のマンイーターの仕業かもしれないな。たとえば狼男《おおかみおとこ》とか、黒妖犬とか。比較的ポピュラーなタイプだから、数が多すぎて例を挙げると切りがないが」

事実かどうかもわからない蘊蓄《うんちく》を披露してから、ティモシーは遺体の写真をじっと見つめ、「ふむ」と唸《うな》った。

「嚙《か》み痕は人間に近いな。歯型のサイズから見ても、そう大きなマンイーターではないだろう。普段は女子供の姿をしている可能性も考えられる」

犯人を推理するティモシーの傍らで、モリスの携帯電話が鳴った。電話の相手と二言三言話してから通話を切った上司は、やや喜色を浮かべて告げる。「マーカス巡査の意識が戻ったそうだ」

事件の唯一の目撃者に話を聞くため、ミキオはティモシーを連れて市内にある病院を訪れた。初めての捜査に浮足立っている怪物に、「余計なことはするなよ。俺が被害者と話すから、お前はひと言も喋《しゃべ》るな」と釘《くぎ》を刺したところ、あからさまに不満そうな顔を向けられてしまった。

ブランドン・マーカス巡査はすでにICUから一般病棟に移されていたが、どの部屋に入院しているのかはすぐにわかった。廊下の奥の病室から、数人の制服警官が出てくるのが見えたからだ。マーカスの同僚が見舞いに来ていたようだ。

廊下で屯《たむろ》していた警官たちに身分を問われたため、ミキオは真新しいFBIのIDを提示した。ミキオはともかく、捜査官らしからぬ風貌をしたティモシーは訝《いぶか》しげに睨《にら》まれていたが、当の本人は気に留めることなく堂々と胸を張っている。

それどころか、

「ちょっといいかな」

と、ティモシーは神妙な表情で警官たちに声をかけた。

「昨夜、あなた方はどこでなにをしていましたか？」

ティモシーの唐突な尋問に、警官らは揃《そろ》って眉をひそめた。「なんだって？」「え？　俺らが？」「どうしてそんなことを？」と口々に囁《ささや》いている。

「誰かと一緒でした？　……あ、お気を悪くしないでくださいね、ただの形式的な質問ですから。全員に同じ質問をしているだけで――」

「行くぞ」

ミキオはティモシーの腕を摑《つか》み、乱暴に引っ張った。

首を傾《かし》げる警官たちと別れたところで、苛立《いらだ》ちを滲《にじ》ませた声で告げる。「今のは何なんだ。余計なことはするなと言っただろ」

「余計なこととは心外だな。もしかしたら、顔見知りの中に犯人がいるかもしれないじゃないか」

「そういうのを調べるのは市警の仕事だ。モリスの言葉を忘れたか？」

「身内に捜査させるのは危険だよ。隠蔽される可能性もあるからね」ティモシーはもっともらしい言い訳をしてから、ぼそりと本音を漏らした。「……この日を楽しみにしていたんだ。少しは私にも事件捜査らしいことをさせてくれ」

「モリスに言って、明日からお前は内勤にしてもらう」

「私の勤務態度のどこがいけないんだ？」ティモシーはわざとらしく目を丸め、両手を広げて反論した。「相手を威圧してないし、暴力も振るっていない。ジャック・バウアーなんかより、ずっといい子にしてるじゃないか」

「いいから口を閉じてろ。次また余計なことを喋ったら、そこの手術室でお前の口を縫い付けるからな」

「……」

病室に入ると、マーカスが上体を起こし、こちらに視線を向けた。その赤毛の青年は頭に包帯を巻いた痛々しい姿をしていた。顔や腕にも痣《あざ》や傷が残っている。なにより悲痛なのは、彼の顔つきだ。目は虚《うつ》ろで、放心したような表情だった。マーカスが今まさに事件のショックの渦中にいることが窺《うかが》える。まるで以前の——怪物に襲われた直後の自分を見ているようで、ミキオの心の傷が痛んだ。

「FBIのジェンキンスです」患者に向けて身分証を掲げ、ミキオは名乗った。「事件について、お話を伺いたいのですが」

ミキオに倣い、ティモシーも捜査コンサルタント用の身分証を取り出した。青白い顔写真の隣に『ジョン・スミス』というふざけた偽名が記されている。ミキオは頭を抱えたい気分だった。

幸い、マーカス巡査は身分証の名前に興味を持たなかったようだ。視線を落とし、「よく覚えていないのですが」と、弱々しい口調で言う。

「構いません」ミキオは頷いた。「覚えている範囲で、順を追って説明してください」

マーカスは目を閉じ、事件当夜の記憶を振り返った。「その日は夜間勤務で、いつものようにジョンソン巡査と車で巡回していました。特に問題もなかったので、パトロールを終えていったん署へ戻るつもりだったんですが……無線が入り、近くで事件が発生したとのことだったので、現場に向かったんです」

通報者は匿名の女性で、ハーレム地区の工場跡地で男が殴り合いをしている、という旨だった。マーカス巡査が運転する車両は数分前にその場所を通り過ぎたばかりで、無線に応答してから車をUターンさせたのだという。

「助手席に座っていたジョンソンは文句を言っていました。あと五分遅く通報してくれたらよかったのに、って。あいつの言葉は正しかった。署に戻っていたら、あんなことにはならなかった……」

　現場の工場跡地はいかにもな場所だった。ひびの入ったコンクリートの壁に、割れた窓ガラス。建物の周囲には雑草が生い茂っている。場所が場所なだけに、マーカスもジョンソンも、どうせギャングや不良少年の喧嘩《けんか》だろうと高を括《くく》っていた。この地域ではよくあることだ。そして、二人が現場に到着したときには、もうすでに揉《も》め事《ごと》は収束したようで人の姿はなく、言い争う声どころか物音ひとつしなかったそうだ。

「気味が悪いほどしずかでした。車のサイレンを聞いて逃げたんだろうと思いましたが、俺たちは念のため工場の中を確認することにしたんです。ジョンソンの指示で、俺は裏を見に行き、彼は正面から中に入ったんですが……」

　裏側へ回ろうとしたそのとき、建物の中から銃声が聞こえてきたという。マーカスは急いで正面へと戻り、銃を抜いた。中は暗くてよく見えない。銃を構えたまま四方八方に小型ライトを向け、いったいなにが起こっているのか、状況を把握しようと試みた。

　その直後、ジョンソンの悲鳴が建物の中に響き渡った。

　一瞬で音が消え、再びしんと静まり返った。暗闇の中、マーカスはあちこちにライトを当て、慎重に相棒を探した。

そして――

「ジョンソンを、見つけました」

事件当時の恐怖が蘇《よみがえ》ったのか、マーカスは両手で顔を覆い、小刻みに震えはじめた。

「彼は、血を流して倒れていました……殺されていたんです」

丸い光に照らし出されたその無残な姿に、マーカスは言葉を失った。巡査はダークネイビーの制服ごと腹を切り裂かれ、そこから内臓の一部が飛び出していたそうだ。

相棒が、死んでいる――信じがたい光景だった。まるでスプラッタ映画に登場するような惨たらしい死体と化したジョンソンに、マーカスは強い吐き気を覚えた。悪い夢でも見ているかのような気分だった。

いまいましい記憶に震えながら、マーカスは独り言のように呟《つぶや》く。「ダニーがあんなことになるなんて……あんなの、人間のやることじゃない……あれは悪魔の所業だ」

「いや、その可能性は低いな」

ティモシーが横やりを入れた。

「報告書を読んだが、現場に硫黄のような匂いは残っていなかったらしいじゃないか。だとすると、悪魔の仕業とは言いがたい」

いったいなにを言ってるんだと言わんばかりに、マーカスは眉をひそめている。そんな彼を見て、ティモシーは「なにか？」と小首を傾げた。

この怪物は文脈を読み違えていることに気付いていない。ミキオはティモシーにだけ聞こえるほどの声量で、「悪魔というのは比喩だ」と教えてやった。

自らの過ちに気付いた怪物は無言で目を丸めている。「なるほど」と呟いてから、マーカスに向かってにっこりと微笑《ほほえ》んだ。

「今のは冗談だ。忘れてくれ」

頼むから黙っていろ、とミキオは目で訴えた。

「それで」軽く咳払《せきばら》いをしてから、話の続きを促す。「犯人を見たんですか？」

「ええ。暗くてよく見えなかったけど、たぶん、女だったと思います。爪が鋭くて、髪が長かった」

変わり果てたジョンソンを見つけた直後、マーカスは嫌な気配を感じた。この建物の中に誰かが潜んでいる。恐怖が全身を駆け抜け、寒気を覚えた。このままでは自分も殺されるかもしれない。応援を呼ばなければ。そう思った。

建物の外へ撤退しようとした、そのときだった。マーカスは肩口に痛みを感じた。視線を向けると、まるでおとぎ話の魔女のように爪の伸びた女の手が、彼の右肩を摑んでいたのだ。マーカスは振り返り、銃を構えようとしたが、それよりも先に強烈な殴打を食らい、勢い余って壁に激突した。銃もライトも手放してしまい、丸腰になったマーカスは激痛に悶《もだ》えながらふらふらと地面に倒れ込んだ。コンクリートの壁に頭を強く打ち付けたせいで、そのまま気を失ってしまったという次第だ。

大の男を弾《はじ》き飛《と》ばすほどの力が、普通の人間の女にあるとは思えない。この事件は怪物の仕業とみて間違いないだろう。ティモシーも同じことを考えているようで、盗み見た彼の顔には高揚の色が浮かんでいた。FBIとの協定により人を襲うことを禁じられ、狩猟本能を満たす機会を失った怪物にとってみれば、同じ怪物を追い詰めていく事件捜査こそが唯一の快事なのかもしれない。

「……ただ、不思議なんです」

と、マーカスは首を捻《ひね》る。

「大人の女にしては、妙に軽くて。気絶する直前に、犯人が俺の上に圧《の》し掛《か》かってきたんですが、子どもかと思うくらい体重が軽かったんです」

「具体的には、どれくらいだった？　ちなみに、この国の女性の平均体重は170ポンドらしいが」

「そんなに重くはなかった。たぶん、80ポンドもなかったんじゃないかと。……まあ、そのときは意識が朦朧《もうろう》としていたから、軽く感じただけなのかもしれませんが」

たしかに本人の言う通り、気を失う直前の感覚なんて当てにならない。だが、ティモシーは興味深そうに「なるほど」と唸《うな》っている。

「ご協力感謝します、マーカス巡査。ゆっくり休んでください」怪我《けが》をしていない方の肩に優しく触れ、ミキオは礼を述べた。「いろいろ大変でしょうが、一日も早く回復されることを祈っています」

社交辞令ではなく、同じ被害者としての、素直に口から出てきた慰めの言葉だった。マーカスが負傷したのは肉体だけではない。怪物に襲われ、さらに仲間を失った彼の気持ちは痛いほどわかる。

去り際に、ティモシーが口を開いた。「最後に、もうひとつ質問しても？」

「ええ、どうぞ」

また余計なことを、とミキオが顔をしかめていると、

「事件の前に、なにか食べた？」

案の定、ティモシーは脈絡のない質問をした。

なぜそんなことを訊《き》くのかと不思議そうにしながらも、マーカスは素直に答えた。「勤務前に、ダイナーでステーキを食べました。行きつけの店があって、夜勤の前にはいつも

同じものを注文するんです」

ティモシーはその店の名前と住所を聞き出した。

いったいなにがしたいのだろうか、この怪物は。ミキオは首を捻るしかなかった。

オフィスに戻るや否や、モリスの指示で再びボードの前に集められた。マーカスの証言を整理して報告したところ、

「女といえば」と、モリスが新たな手掛かりを提示した。「市警にいる知り合いに聞いたんだが、どちらの事件も通報したのは同じ女だったらしい。録音された音声を解析したところ、声紋が一致したそうだ。やや訛《なま》りがあるから、外国人かもしれないな」

「通報した女が、巡査たちを殺した犯人ってことですか？」

「その可能性が高いだろう」

モリスは頷《うなず》き、ボードに文字を書き足した。『犯人』と『通報者』をイコールで結ぶ。

「つまり、虚偽の通報だったというわけか。自ら通報して警官を誘《おび》き寄《よ》せ、現れたところを襲撃する。まるでテロリストみたいな手口だ」ソファに腰を下ろしたティモシーが足を組み替えながら言う。「マーカスの証言からしても、ノンヒューマンの仕業で間違いなさ

そうだ。犯人は女の姿をした人喰《ひとく》い種で、狩りをするため、人気のない場所に警官を呼び出したんだろう」

「通報を利用するなんて、化け物も悪知恵が働くんだな」ミキオは鼻で嗤《わら》った。

警官は常に二人一組で行動する。数では分が悪いが、夜目が利く怪物が、たった二人の人間を闇に乗じて殺すことなど造作もない。

「怪物の正体に心当たりは？」

モリスが尋ねると、

「さあ」ティモシーは肩をすくめた。「人を食べる女のノンヒューマンなんて、古今東西たくさん存在する。絞り込むのは大変そうだ」

モリスは今回の事件の犯人に『ポリスイーター』と仮初めの名前をつけ、ボードに書き込んだ。

「ひとつ、不可解な点がある」ティモシーは小首を傾《かし》げた。「どうしてマーカス巡査だけが助かったんだろう」

「ただ運が良かっただけじゃないか？　ジョンソンを食べたところで、腹が一杯になったとか」

というミキオの意見に対し、怪物は納得しなかった。

「それはないね。先週の事件では、巡査が二人とも喰い殺されている。ポリスイーターの胃袋を満たすには、少なくとも二人分の人間が必要だ」

要するに、とティモシーは人差し指を立てる。

「何らかの理由があってマーカスを食べることができなかった、というわけさ。そして今現在、ポリスイーターは腹五分目だ。これは大変なことだと思わないかい？」

つまり、化け物は今もまだ狩りを続けているということだ。

「ポリスイーターがまた事件を起こす、って言いたいのか？」

「そう。近いうちに、同様の事件が起こるはず」

「よし」モリスが声を張った。「市警に連絡して、警戒を促しておこう」

「次にその女から通報が入ったときは、すぐにこちらに知らせるよう伝えてくれ」ティモシーが指示を出した。「市警に代わって、我々が現場に赴くとしよう」

我々――ということは、俺もか。

ミキオは憂鬱な気分になった。相手が食人鬼だと知っていながら、自ら罠《わな》に飛び込まないといけないなんて。特殊部隊にいた頃より危険な職務かもしれない。

オフィスからディモン邸へと戻った頃には、とっくに日が暮れていた。ミキオはすぐに二階にある自室の中に閉じこもった。ベッドに寝転がり、深いため息をつく。今日も化け物の相手で疲れた。独りきりになってゆっくり休みたい。とはいえ、すぐ下のフロアでは人肉を食べる化け物が夕食の支度をしている。今晩のメニューに自分の名が挙がらないことを祈るほかない。

ミキオはしばらく睡眠を取ったが、深夜三時頃になると、猛烈な空腹に襲われて目を覚ましてしまった。そういえばしばらくなにも食べていなかったな、と思い出す。まだ日の出前で、辺りは暗い。朝食まで我慢できそうにもなかったので、どこかに食べにいくかと思い立ち、ミキオは部屋を出た。ティモシーも寝ているだろうし、少々家を空けても問題ないだろう。

足音を立てないよう、しずかに一階へと降りる。家の中はどこも真っ暗で、しんと静まり返っていた。やはりティモシーは自室で眠りについているようだ。怪物でも夜は寝るんだな、なんてことをふと思った。

廊下を進み、ドアの鍵を開けて外に出ようとしたところで、

「――ミキオ」

名前を呼ばれた。

不意を突かれ、ミキオはびっくりして肩を震わせた。勢いよく振り返れば、廊下の真ん中にティモシーが立っている。いつの間に、とミキオは目を剝《む》いた。足音も聞こえなかったし、まったく気配を感じなかった。無意識のうちに銃を抜こうとして、学習能力のない自分に呆《あき》れた。

脅かすな、と睨《にら》みつけると、

「こんな時間に、どこへ行くんだ？」欠伸《あくび》を嚙《か》み殺《ころ》しながらティモシーが尋ねた。

「飯を食いにいく」

「お腹《なか》が空いているのなら、なにか作ろうか？」

「いらない」ミキオは一蹴した。食人鬼の手料理なんて御免だ。

すると、

「では、私も同行しよう」

と、ティモシーがジャケットを手に取り、袖を通した。

「やめろ、ついてくるな」

「そうはいかない。私から離れると、君が怒られるぞ。監視役なんだから」

「お前がおとなしく留守番していれば済む話だ」

「まあ、そう言うな。実は行きたい店があるんだ。付き合ってくれないか」

ミキオの制止を無視し、ティモシーは家を出た。夜道を歩くミキオの隣にぴったりと張り付いている。辺りは真っ暗だ。人気のない静まり返った路地には不気味な空気が漂っている。こんな時間帯にこんな場所を怪物と散歩しているという状況に、ミキオはぞっとした。

「おい、少し離れて歩け」

「……これでいいかい？」

「俺の背後に立つな。前を歩け」

「そんなに警戒しなくとも、取って喰《く》ったりしないのに」

ティモシーは渋々、ミキオを追い越した。どことなく不服そうな顔で。

大通りに出てからタクシーを拾い、向かった先は二十四時間営業の安っぽいダイナーだった。どうやらここがティモシーの言う「行きたい店」らしい。一見、どこにでもあるごく普通のダイナーで、わざわざタクシーに乗って行くほどの場所とは思えない。ミキオは拍子抜けし、「いい店だな」と皮肉を漏らした。

「事件の前に、マーカス巡査はここで食事をしていた」

ティモシーはそう言いながら店に入った。奥の席にミキオと向かい合って座ると、さっそく若いブロンドのウエイトレスを呼びつけている。マーカス巡査を知っているかと問えば、彼女は笑顔で頷いた。証言通り、マーカスはこの店の常連で、毎回決まってステーキを注文するそうだ。この店のビーフステーキは一番人気のメニューらしい。

ティモシーはミキオに何の相談もなく注文を決めてしまった。ステーキとコーラ、そしてコーヒー。自分の分の料理は頼まなかった。彼曰《いわ》く、「人間以外の肉は胸やけする」とのことだった。

飲み物が先に運ばれてきた。ミキオがコーラを呷《あお》っていると、

「ひとつ提案なんだが」と、ティモシーが徐《おもむろ》に口を開いた。「いい機会だから、ここでお互いについての理解を深めないかい？　君は私のことを、いろいろと誤解しているようだしね」

「誤解なんかしていない」ミキオは素っ気なく返した。「お前のことは、嫌というほどよく知ってる」

「いや、知らない。君は、私のことをちゃんと知ろうとしない」

強い口調で否定され、ミキオは眉をひそめた。「なんだよ。お前だって、俺のことを知らないくせに」

「少なくとも、君よりかは知ろうと努力をしている。資料も読んだ。ミキオ・ジェンキンス、日系アメリカ人の二十七歳。身長6フィート3インチ、体重195ポンド。幼い頃に

両親を亡くし、児童施設や里親のもとで幼少期を過ごした。記録によると、最初の里親はサクラメントの――」

「そういう表面的なことじゃない」ミキオは言葉を遮った。「もっと、内面の話だ」

「これは内面の話でもある。君のそういった性格はきっと、幼少期に十分な愛情と安定した生活を与えられなかったせいだろうな」

「そういった性格って、どういった性格だよ」

「他者に対して攻撃的で、すぐ悪態をつく」

「それは性格の問題じゃない」ミキオはむっとしながら、憎たらしい怪物の顔に人差し指を突きつけた。「ただ単に、お前のことが嫌いなだけだ」

「皮肉屋で捻《ひね》くれ者。頑固で融通が利かない」

「俺の悪口はいいから、さっさと本題に入れ」

「君は警察官になってから数年の間、地方で殺人事件の捜査を担当していた。その後、ニューヨーク市警が新設した特殊部隊に入隊を志願し、試験に見事合格。以降、その部隊の一員となり、持ち前の身体能力の高さを生かして順調にキャリアを積んでいった。……ところが、あの任務で、君のチームはノンヒューマンの被害を受けてしまった」

あの任務――建物に立てこもったテロリストの身柄を拘束する、というもので、同じような任務は過去に何度も経験していた。問題は、その犯人が化け物だったことだ。最悪の誤算だった。九人の隊員は全員殺され、犯人の怪物の行方は未《いま》だわかっていない。

「気の毒な事件だったが、ノンヒューマン相手に君たちはよくやったよ」

気休めの言葉は必要ない。相手が怪物ならなおさらだ。コーラの瓶を呷り、ミキオは無言を貫いた。

「君は、あの事件で相当な傷を負ったようだ」

「そうだな。骨が数本折れてたし、内臓も損傷してた。半年も入院した。……まあ、命が助かったからよかったが」

「そうじゃない」ティモシーは首を振る。「心の話だ」

ミキオは眉をひそめた。「……なにが言いたい？」

「図書館《オフィス》で私を撃った直後の君が、どんな顔をしていたと思う？」

「さあな」

「終末を迎えたような顔だった」

「…………」

返す言葉が見つからなかった。

あのとき、ミキオは拳銃を発砲したが、ティモシーは死ななかった。無傷だった。驚きと同時に、一瞬、半年前の任務の記憶が頭を過《よぎ》った。仲間を殺している怪物の動きを止めようと、ミキオたちは何度も発砲した。だが、怪物にはまったく効かなかった。傷はすぐに治り、仲間の体を噛み千切った。

あのときと同じだ、と思った。

ティモシーを前にして、ミキオの頭には事件のトラウマが蘇《よみがえ》った。どうやってもこの男には敵《かな》わないという圧倒的な恐怖や、生に対する諦めが芽生えた。それが表情に滲《にじ》み出《で》てしまったのかもしれない。

「あの事件を思い出したか？」ティモシーの鋭い視線が、ミキオの目を射抜く。「怪物である私を見たことで」

図星だった。こんな奴に見透かされるなんて、とミキオは心の中で舌打ちした。

「私は似ているか、君たちを襲った怪物に」

「……どうかな」ミキオは言葉を濁した。「事件のことは、よく覚えてない。記憶が曖昧で、あの化け物がどんな姿をしていたかは、俺にもわからない。思い出せないんだ」

「それはきっと、脳が拒絶しているんだろう。よくあることさ」

ティモシーは薄く笑った。

「君は私のことが嫌いだと言ったが、実際はそうじゃない。正しくは、恐れているんだ。

人を食べる私のことを。君の心の傷が、私への恐怖と拒絶を生み出している」

ティモシーの言葉は当たっていた。たしかに、人間を食べるこの男を軽蔑し、恐れている。怪物に対する恐怖は未だに拭えない。こうして向かい合って話をしながらも、いつ襲い掛かってくるだろうかと警戒している。すぐに銃を抜き、引き金を引く準備はできている。銃が相手に効くわけではないが、いつでも戦えるよう自身を奮い立たせている。怖気《おじけ》づいてしまわぬように。

とはいえ、その事実を認めたくはなかった。「ニューヨーク市民は、みんなお前を恐れてるよ」と、ミキオは笑い飛ばしてみせた。

「……ミキオ、聞いてくれ」珍しく真剣な声色で、怪物が丁寧に言葉を紡ぐ。「私はカニバリストでも、シリアルキラーでもない。ウェンディゴという、ただのノンヒューマンなんだ」

「俺ら人間にとっては、どれも同じようなもんだ」

ミキオは一蹴した。結局、こいつらは平気で人を殺せる。同じ穴の貉《むじな》だ。

「いや、大きく違う」ティモシーは強く否定する。「たとえば、牛肉が食べたくなったとき、君は牧場に忍び込んで牛を殺すか？」

「いや」

「店で牛肉を買うか、こういった食堂でステーキを注文するだろう？　私だって同じだ。見境なく人間を殺すわけじゃない。君は私のことを理性のない怪物だと思っているだろうが、そうじゃないんだ。私が人間を殺していたのは、ただ生きるためだ。君がその牛を食べているのと、同じことだよ」

「物は言いようだな」ミキオは皮肉っぽく笑った。

「ノンヒューマンが皆、むやみやたらに人間を襲うわけじゃないんだ。誤解しないでほしい。たしかに私は人を食べてきたが、自らの手で殺《あや》めたのはごく一部だ。ほとんどは、葬儀屋を買収して手に入れた死体だった。残した骨は、ちゃんと棺《ひつぎ》に返した」

「それでも、お前が人を殺していたことは事実だ」

「善人を殺したことはない。どうしても食料が必要なときは、ちゃんと相手を選んだ。私が手にかけたのは、ギャングや麻薬の売人、路上強盗の常習犯、それに出所したばかりのレイプ魔のような、悪人ばかりだった」

「化け物のくせに神様気取りか。殺していい人間かどうかなんて、お前が決めることじゃないだろ」

　ミキオが睨みつけると、ティモシーは口を噤《つぐ》んだ。

　一度、コーヒーを喉に流し込んでから、

「……たしかに、君の言う通りだな」

と、小さな声で呟《つぶや》く。

「だが、わかってもらいたい。私は本当に人間が好きなんだ。人は可愛《かわい》いし、面白い。南北戦争の頃には、ペットとして飼っていたこともあった。しかしながら、私にとって人間は愛玩の対象であり、困ったことに食料でもある。できることならば、この手で殺めたくはない。FBIに協力すれば、人を殺さずに食料が手に入るんだ。願ってもないことだった。だから私は、この仕事を引き受けた」

そういうわけで、とティモシーが明るい声色で告げる。

「共同生活《ルームシェア》は、お互いに譲歩することが大事だ。価値観や生活様式の違いを認め合わなくてはね。だから君にはまず、私が人を食べることを許してほしい。その前に約束しておくが、私は君を殺さないし、食べない。君を傷つけることも、裏切ることも絶対にしない」

「信用できないな」

「ああ、わかっている。そう言うと思ったよ。当然のことだ」ティモシーは黒い爪でミキオの顔を指した。「今すぐに信用してくれとは言わない。約束というのは言葉で示すものじゃない、行動で示すものだからね。いつか君に信用してもらえるよう、私はこれから自分の行動で証明していくつもりだ」

「モンスターのくせに口が上手《うま》い」

「モンスターは差別用語だぞ。ノンヒューマンと呼んでくれ」

ミキオの嫌味に、ティモシーは苦笑を浮かべた。真摯な態度で話を続ける。

「化け物だと一緒くたにせず、私は私だということを、君にちゃんと認めてもらいたいんだ。人間は未知のものに恐怖を抱く。私のことも、よく知れば怖くなくなるはずだ」

真《ま》っ直《す》ぐに見つめられ、思わず目を逸《そ》らす。深い闇のように暗く淀《よど》んだその瞳が、ミキオは苦手だった。

「……努力はする」

そう返すのが精いっぱいだ。努力したところで、この怪物の存在を認められるかどうかはわからないが、これでも最大限譲歩したつもりだった。

「知識は武器だ。どんなノンヒューマンだって、知っていれば対処できる。そのために私がいる。怖がることはないさ」

しばらくして、メインディッシュが運ばれてきた。ガーリックチップがたっぷり乗ったステーキだ。いかにも薄給の若い警察官が好みそうな、安い肉を適当に焼き、適当に味付けした見るからにチープなメニューだったが、食人鬼の手料理に比べたらご馳走《ちそう》だなとミキオは思った。

焼き過ぎてかたくなった肉にナイフを入れたところで、

「……そうか、そういうことか」

それを見ていたティモシーが、はっと息を呑《の》んだ。

「どうした」

「君の言う通りだ。マーカスは運が良かった」

というティモシーの言葉に、肉の切れ端を口の中へ放り込もうとした手を止め、ミキオは眉根を寄せた。「……なんだって？」

ミキオの言葉に答えることなく、ティモシーは「トイレに行ってくる」と席を立ってしまった。怪物も用を足すのか、などというどうでもいいことを考えながら、ミキオは今度こそ肉を口に放り込み、咀嚼《そしゃく》した。

店を出たときには、空がやや白みはじめていた。そろそろ朝日が顔を見せる頃合いだろうが、不気味な雰囲気は未だ拭えない。ミキオはぴたりと足を止め、振り返った。「おい、俺の背後に立つなと言っただろ」

「またか」ティモシーは口を尖《とが》らせている。「そんなに警戒しなくてもいいのに。君は案外チキン野郎だね」

「チキンみたいに美味《うま》そうって意味か？」

ミキオが嫌味を返すと、ティモシーは黙って肩をすくめた。

「そういえば」と、ミキオは話を戻す。「マーカスがいったいどうしたんだ」

先程、ティモシーはなにかに気付いたようすだった。尋ねるミキオに、彼はしたり顔で質問を返してきた。「マーカス巡査は、なぜ犯人に喰《く》われなかったんだと思う？」

「さあな」

「臭かったからさ」

「……はぁ？」

予想もしない答えに、ミキオは顔をしかめた。ふざけているのかと思いきや、ティモシーの表情は真剣だ。

「事件の前に、マーカスはあのダイナーでステーキを食べた。君がさっき食べていたのと同じものだ。あのステーキ、ガーリックチップが山のようにまぶしてあっただろう？　あれだけの量のフライドガーリックを食べたら、ニンニク臭くなるのは当然だ。今の君のようにね」

「……」

——そんなに臭いか、俺。

思わず鼻をひくつかせてしまった。

「いい餌を与えられた家畜は、いい味に育つものだ。たとえば、シナモンとバジルを加えた飼料を与えられて育った牛の乳には、シンナムアルデヒドやd－カルボンといった成分が含まれているらしい。ハーブの成分によって牛乳独特の臭みが薄れて、飲みやすくなるそうだ」

「いったい何の話をしてるんだ、お前は」

「要するに、食料というものは、その個体に大きく影響するというわけさ。マーカスはよくあの店のステーキを食べると言っていた。その味と匂いは、彼の体に染みついていたはずだ。特に我々ノンヒューマンは、人間では気付くことができない匂いや味まで感知してしまう。マーカスはガーリック臭に塗《まみ》れていて、肉の味はガーリック風味だった。そのおかげで、ポリスイーターに喰われずに済んだんだ。つまり、ポリスイーターはニンニクを苦手とするノンヒューマンだと推測できる」

「吸血鬼とか？」

「ニンニクと聞いて吸血鬼を連想する、いかにも人間らしい浅識さだ」

ミキオはむっとした。「悪かったたな」

「いや、考え方は悪くない。昔は血を啜《すす》るために体を切り開き、内臓を貪る吸血鬼もいたしね。ほら、当時は今と違って注射器みたいな便利な器具もなかったから。首筋に噛《か》みつくだけじゃ、余すことなく血液を搾り取れなかったんだ。この風習はとっくに廃れているから、最近の吸血鬼が内臓を食べることはない。つまり、犯人は吸血鬼と似た弱点をもつ別の怪物だということになるな」

「もったいぶってないで、早く犯人を教えろよ」

催促するミキオに、ティモシーは人指し指を立てながら言う。

「ここでヒントになるのが、あのマーカスの証言だ。彼は興味深いことを言っていた。気絶する直前に女が圧《の》し掛《か》かってきたが、その女の体重が――」

結論を言いかけた、そのときだった。ティモシーの携帯端末が鳴った。画面の表示を確認し、「モリスからだ」と呟く。電話に出た直後、ティモシーの表情が締まった。

終話したタイミングで、ミキオが「どうした」と尋ねると、

「例の女と思われる人物から、警察に通報があったらしい」

と、ティモシーがにやりと笑った。

ポリスイーターが罠《わな》を仕掛けてきたということか。どうやらこの怪物の読みが当たったようだ。

「すでに警官が向かっている。場所はこの近くだ。急ごう」

間に合わなければ、また犠牲者が出てしまう。ミキオたちは現場へと走った。

そこから4ブロックほど進んだところで、ティモシーが不意に足を止めた。辺りをきょろきょろと見回しながら、鼻をひくつかせている。「……臭うな」

「どうした」

「ノンヒューマンの匂いがする」

「帰ったらシャワー浴びろよ」

「私じゃない。こっちだ」

ティモシーが匂いを辿《たど》りながら早足に進んでいく。先導されるまま、ミキオも彼のあとに続いた。

角を曲がると、薄明かりの街灯の下に警察車両が停《と》まっているのが見えた。車の中を覗《のぞ》き込んでみたが、誰もいない。どうやら警官はここで車を降り、歩いて現場へと向かったようだ。

さらに進むと、細い路地に出た。その奥の袋小路《ふくろこうじ》に、二人分の人影が見える。それを目にしたティモシーが、「遅かったか」と眉をひそめた。

制服警官が二人、倒れていた。その片方に、女が馬乗りになっている。女の背中からは蝙蝠《こうもり》のような黒く大きな羽が生えていた。

どこからどう見ても、化け物だ。

「な――」

ミキオは絶句した。

目を凝らしてみれば、なぜか、その女には上半身しかなかった。まるで体の真ん中で輪切りにされたかのように、腰から下が存在しない。

奇妙な生物を前にして、ミキオは目を剝《む》いた。「なんだ、あれは」

「マナナンガルだ」

隣でティモシーが答えた。

「……マ、ナ？　なんだって？」

「マナナンガル。フィリピンに伝わるノンヒューマンさ。あんな風に、上半身だけで飛び回って人間を狩るんだ」

体が半分しかない怪物――そうか、とミキオも気付いた。だからマーカスに圧し掛かってきた女は体重が軽かったのか。

「昔の話だが、私はシキホル島を旅したことがあった。知人の病気を治すために、呪術師が作る薬草を買おうと思ってね。その道中でマナナンガルに襲われて、危うく喰われるところだったよ」

あの男みたいに、とティモシーが路地を顎で指す。

巡査の無残な姿がミキオの目にも映った。制服ごと腹を割かれ、血飛沫《ちしぶき》が辺りに飛び散っている。

「言い伝えによると、マナナンガルは胎児を食べるマンイーターだが、若い男も好物なんだ。特に心臓や胃、肝臓を好んで食べるらしい。本来は、その美貌で男を誘惑して捕まえるのが彼女たちの手口なんだが、まさかこんな風に警官を誘《おび》き寄《よ》せる策士がいたとは驚きだ。あの個体は自分の容姿に自信がないのかもしれないな」

ポリスイーターはまさにその名の通り、警官に跨《また》がり、臓物を食い散らかしている。見ているだけで吐き気がした。

目の前の化け物に比べたら、ティモシーがマシに思えてしまう。うげえ、と口元を押さえながら、ミキオは言った。「お前は人間の食べ方がお上品だな」

「ありがとう」ティモシーは微笑《ほほえ》んだ。「君に褒められるとは思わなかった。嬉《うれ》しいな」

「真に受けるな、ただの皮肉だ」

次の瞬間、女がぴくりと動き、顔をこちらに向けた。まるで口紅を塗りたくったかのように、その口元は血で真っ赤に染まっている。ミキオたちを視界に捉えると、ぎらりと怪しく瞳を輝かせた。かなり気が立っているようで、今にも襲い掛かってきそうな雰囲気だった。

「話が違うぞ、腹五分目じゃなかったのか」

「食い意地の張った子だな」

ティモシーは薄笑いを浮かべてそう言うが、今は軽口を叩《たた》いている場合ではない。このままでは自分たちまで殺されてしまう。

「おい、どうすんだよ！」

「落ち着け、ミキオ。幸い彼女は今、上半身しかない。あの状態なら退治できる」

狼狽《ろうばい》するミキオとは対照的に、ティモシーはいつもと変わらず平然としている。普段は恐怖の対象でしかない怪物が、このときばかりは少しだけ頼もしく思えた。

「退治って、どうやって倒せばいいんだ」

「彼女たちの弱点は下半身だ。狩りの間は分離して、下半身をどこか安全な場所に隠している」

その下半身を探すかのように辺りを見渡しながら、ティモシーが説明を続ける。

「マナナンガルは『フィリピンの吸血鬼』と呼ばれているほどでね、系譜は連中と同じなんだ。太陽の光が苦手だから、体が半分のままの状態で日の光を浴びてしまえば、灰となって死んでしまう」

「つまり、このまま日の出を待てばいいのか？」

「マナンガルが然程《さほど》賢いマンイーターではないことは確かだが、さすがにそこまで馬鹿ではない。日の出前には元の状態に戻ってしまうだろう。そうさせないためには、彼女の下半身を見つけ出して、どこか別の場所に隠しておく必要がある。もしくは、結合できない状態にするんだ」

「どうやって？」

「下半身の断面に塩か灰を塗る。そうすれば元の姿には戻れなくなる。ニンニクでも効果はあるらしい。吸血鬼の親戚みたいなものだから、弱点も似ているというわけさ」

と言って、ティモシーは踵《きびす》を返《かえ》した。

「とにかく、まずは下半身を見つけなければ。そう遠くない場所に隠してあるはずだ。私が匂いを辿って探し出し、どこか別の場所に隠しておく。その間、君は彼女の注意を引きつけて、日の出まで時間を稼いでくれ」

「おい、待て――」

呼び止めようとしたときにはすでに、ティモシーはそこにいなかった。ミキオを置いて姿を消してしまった。

「……冗談だろ」人喰《ひとく》いの怪物の前にひとり残され、苦々しく顔を歪《ゆが》める。「時間を稼ぐって、どうすりゃいいんだよ」

次の瞬間、けたたましい叫び声が聞こえた。マナナンガルが雄叫《おたけ》びをあげている。まるで爪で壁を引《ひ》っ掻《か》くような、キィィ、という耳障りな鳴き声が、袋小路の静寂を破った。

相手はすっかり臨戦態勢だ。半身の化け物は羽をはばたかせ、空を飛びながらミキオに向かって突き進む。

一瞬、過去の記憶が過《よぎ》った。六か月前の、怪物に襲われたあの事件。ミキオの中に恐怖が蘇《よみがえ》り、体が強張《こわば》る。両手が震えはじめる。

くそ、と舌打ちをこぼす。

怯《おび》えてる場合じゃない。死にたくなければ戦え。怪物に立ち向かえ。――なんとか自分を奮い立たせながら、ミキオは銃を抜こうとした。

だが、体が思うように動かない。

そのときだった。

――どんなノンヒューマンだって、知っていれば対処できる。そのために私がいる。

先刻のティモシーの言葉が頭を過った。

――怖がることはないさ。

震えが止まった。

大丈夫だ。今回は怪物の名前も、倒し方もわかっている。なにも打つ手がなく絶望に打ちひしがれたあの日とは違うんだ。とにかく、あいつが戻ってくるまでの間だけ戦う。自分は時間を稼ぐだけでいいんだ。

「相手してやるよ」銃を抜き、相手を睨《にら》みつける。「ノンヒューマン」

すぐにミキオは狙いを定め、発砲した。銃弾は右の羽に当たった。その拍子にマナナンガルはバランスを崩し、空中から勢いよく落下した。コンクリートの地面に激突し、苦しげに蹲《うずくま》っている。

だが、銃弾そのものは効いていないようだ。やはり人間とノンヒューマンでは体の性質が大きく違うのだろう。怪物はすぐに復活し、再び夜空に舞い上がった。そこから急降下し、ミキオに向かって突進する。

ミキオは引き金を二度、絞った。二発の銃声の直後、マナナンガルの甲高い叫び声が響き渡る。一発は肩に、もう一発は腹部に命中した。

銃弾を避けようと飛び回るマナナンガルに向けて、ミキオはひたすら発砲し続けた。他に手立てがない。近付かれたら終わりだ。時間を稼ぐためには、銃による遠距離攻撃に頼るほかない。

ところが、それも長くは続かなかった。

ミキオは舌打ちし、いくつかの汚い言葉を吐き捨てた。

「くそ!」

――弾切れだ。

攻撃が止《や》むと、マナナンガルがすかさず距離を詰めてきた。怪物の両腕が、ミキオの肩を摑《つか》む。6フィートを超える男の体を軽々と押し倒し、マナナンガルはミキオを地面に叩きつけた。

ミキオは小さく呻《うめ》き、痛みに顔を歪めた。

両肩に女の指がめり込む。なんて力だ、と目を見張った。女の細腕からは考えられないほどの握力だった。

だが、相手はただの女ではない。人喰いの化け物だ。マナナンガルはミキオの上に乗りかかった。裂けた口を大きく広げ、鋭い牙を覗かせている。蛇のように細長い舌が、ミキオの頬を撫《な》でた。

喰《く》われる、と思った、そのときだった。

「――そこのお嬢さん」この場に似つかわしくない暢気《のんき》な声が聞こえてきた。「男遊びは程々にしたまえ」

ティモシーの声だ。

次いで、ギィアァァ、と耳を塞ぎたくなるような醜い悲鳴が響き渡った。突如、マナナンガルがミキオから飛び退《と の》き、苦しみはじめたのだ。

上体を起こし、ミキオはティモシーに視線を向けた。彼は小脇に抱えていた女の下半身を地面に放り捨てた。

「お、お前！」マナナンガルが牙を剝き出し、ティモシーを睨みつける。「私の体になにをした！」

鬼のような形相に変わった怪物に、ティモシーはにっこりと微笑んだ。「これを塗ったのさ」

上着のポケットから透明の袋を取り出し、見せびらかすように軽く揺さぶる。袋の中に入っているのは、ガーリックチップだ。

「マナナンガルにとっては、ニンニクも弱点のひとつ。君の下半身の断面には、このガーリックチップをたっぷりと塗り込んでおいた。これでもう、元の体には戻れまい」

マナナンガルは絞め殺された蝙蝠のような叫び声をあげながらも、なんとか下半身との結合を試みた。だが、塗りたくられたフライドガーリックがそれを阻んでいる。バタバタと羽をはばたかせ、もがき苦しむしかなかった。

「おや、時間切れのようだ」

そうこうしているうちに、待ち望んだ夜明けがやってきた。日の光が路地に差し込み、マナナンガルの体を照らし出す。それと同時に、怪物の断末魔の叫びが響き渡った。マナナンガルの肌は枯渇したようにひび割れ、砕け散り、灰と化してしまった。風に吹かれ、そのまま夜明けの空へと舞い上がっていく。

「……倒した、のか」

ミキオは空を見上げ、呟《つぶや》いた。

怪物は消えた。

どうやら退治できたようだ。

得体の知れない化け物と戦い、自分は生き延びた。途端に緊張の糸が切れ、ふっと力が抜ける。ミキオは地面に座り込み、小さく息を吐いた。

「大丈夫か、ミキオ」

ティモシーが歩み寄り、手を差し出してきた。

「……ああ、なんとかな」

ミキオはその手を握り返した。引っ張られ、ゆっくりと立ち上がる。その掌《てのひら》は死人のように冷たかった。彼が人間でないことを改めて思い知らされる。

「遅くなってすまない。下半身を探すのに手間取ってしまった」

まさか8ブロックも先のゴミ箱に隠してあるとは思わなかったよ、とティモシーは苦笑をこぼした。

「俺を餌にしやがって」

「君の実力なら問題ないかと」

「調子のいいことを」

ため息をつき、

「……ところで、そのガーリックチップ、どっから持ってきた？」

ミキオが尋ねると、

「あのダイナーから拝借していたんだ。君が食べてたステーキを見て、これは使えると思ってね」

と、ティモシーは片目をつぶった。

そうだ、と思い出す。こいつ、あの店でトイレに行くと言って席を外した。あのときに厨房《ちゅうぼう》からくすねてきたのか。

「うまくいってよかった。チームワークの勝利だな」ティモシーは満足そうだ。「この調子で、どんどん事件を解決していこうじゃないか、相棒」

どこか楽しげな声色で告げる怪物に、ミキオは「勘弁してくれ」と天を仰ぎたい気分だった。

こんな仕事、命がいくつあっても足りない。

3　シューティング・デッド

数日ともに過ごしてわかったことは、ティモシー・デイモンという怪物がまったくもって摑みどころのない奴だということだけだった。彼はどんな状況においても落ち着き払っていて、なにを考えているのかさっぱり読めない。常に飄々《ひょうひょう》としているその怪物は、たとえ強盗犯に銃を向けられようと取り乱すことなど一切なく、むしろ憎たらしいほどに涼しい顔をしているだけだ。

「二十年ほど前に、ソマリア沖を旅したことがあったんだが、不運なことに地元の海賊に船を乗っ取られてしまってね。どうやらその海賊たちは、私を人質にして政府と交渉するつもりだったらしい」

こめかみに拳銃を突きつけられた状態のまま、ティモシーは昔の思い出を楽しげに語っている。

朝っぱらからよく喋《しゃべ》る奴だな、とミキオは遠巻きに眺めながら思った。

「彼らはたしかに賊ではあるが、筋を通す男たちだった。海賊といっても元々はただの漁師で、社会的な問題のため海賊にならざるを得なかったんだ。私が支援を申し出たら、彼らは無傷で解放してくれたよ。……それで、君はいくら欲しいんだ？　私が喜んで援助しようじゃ――」

「黙れ！」

男に大声で一蹴され、懐から現金を取り出そうとしていたティモシーはようやく口を噤《つぐ》んだ。やれやれとでも言いたげな表情で肩をすくめている。俺が強盗だったらとっくに撃ち殺してるな、とミキオは思った。それも一発じゃ足りない。蜂の巣にしてやりたいところだ。

銃を持ってドラッグストアに押し入ったその強盗犯は、ちょうどレジの前にいた客――つまり、ティモシーのことだ。日焼け止め用のクリームを買おうと、出勤前にこの店に立ち寄っていた――を人質に取った。後ろからハグをされるような体勢で拘束されつつも、ティモシーはいつもの調子で説得を続けていたが、彼の言葉は強盗の心には響かなかったようだ。むしろ、相手の神経を逆撫《さかな》でしただけだった。

「このバッグにレジの金を詰めろ！　全額だ！」

カウンターの中にいる店員に向かって、強盗は大声で命じた。シルバーグレイの頭に銃口を突きつけたまま喚《わめ》き散《ち》らしている。「早くしねえと、こいつを撃ち殺すぞ！」

その現場には、当然ながらミキオも居合わせていた。ティモシーの監視役として、常に彼の行く先々に同行しなければならない決まりになっている。武器を持った男がこのドラッグストアに押し入ってきたとき、ミキオは店のコーヒーサーバーに気を取られていた。強盗に気付くや否や飲んでいたコーヒーをカウンターに置き、拳銃を抜いたが、相手がティモシーを拘束する方が早かった。

「おい、落ち着け」レジから少し離れた場所で、ミキオも説得を続ける。「いいから銃を下ろせ」

ＦＢＩだと名乗っても、男は聞く耳をもたなかった。「うるさい」「黙れ」と声を荒らげるばかりで、降伏する気はなさそうだ。

「お前こそ、銃を捨てろ！」ミキオに向かって強盗が叫び、ティモシーの頭に銃口をぐりぐりと押しつける。「こいつがどうなってもいいのか！」

「ああ、いいぜ」

「……え？」

ミキオの返事に、強盗は間の抜けた声をあげた。

「なんだって？」

「そいつがどうなっても構わない、って言ってんだ」顎をしゃくり、煽《あお》る。「ほら、早く撃てよ」

信じられないといった表情で、強盗は眉間に皺《しわ》を寄せる。「……お前、頭がおかしいんじゃないか？」

「なんだ、撃たないのか？」ミキオは引き金に指をかけた。「──じゃあ、俺が撃とう」

「えっ」

宣言通り、ミキオは即座にトリガーを引いた。

一発の銃声が店内に鳴り響く。ミキオの銃から飛び出した弾丸は、真《ま》っ直《す》ぐにティモシーの体へと突き進んだ。胸部に命中。「うっ」という苦しげな呻《うめ》き声《ごえ》が聞こえた。ティモシーは胸を手で押さえ、そのまま力なく床に倒れてしまった。

「お、おい、嘘《うそ》だろ──」

人質にしていた男が捜査官に撃たれた──そんなクレイジーな展開に、強盗はすっかりパニックになっていた。目を血走らせ、ミキオを怒鳴りつける。「くそっ、なにやってんだよ！　人質だぞ！」

──さて、今のうちだ。

強盗が怯《ひる》んだところで、ミキオはすかさず対象との距離を詰めた。隙を突いて拳銃を奪い取り、床に体を押しつけて男を取り押さえる。腕を捩《ね》じり上げ、後ろ手に手錠を掛ければ完了だ。元特殊部隊員にとってみれば、これくらいは朝飯前である。

手錠を掛けられている間も、強盗はミキオを罵り続けた。「こいつ、人質を撃ち殺しやがった！　FBIのくせに！　イカれてやがる！」

「ああ、大丈夫」

背後でティモシーの声がする。銃弾を受けて倒れていた男はゆっくりと立ち上がり、強盗に向かって笑みを浮かべた。

「ご心配どうも」

ぴんぴんしているティモシーの姿に、強盗は目を剝《む》いている。「あんた、いったい何なんだ……？」

答える代わりに、「防弾ベストのおかげで助かった」とティモシーは独り言のように呟いた。

嘘だ。防弾ベストなんて本当は着ていない。ティモシーは丸腰の状態だ。しかし、強盗とはいえ、相手はなにも知らない一般人。「私は人間じゃないから銃は効かないんだ」と事実を説明するわけにもいかないだろう。

すぐにサイレンが聞こえてきた。通報を受け、近くをパトロールしていた警官が駆けつけたようだ。ドアの外にNYPD《ニューヨーク市警》の文字が見える。ミキオの古巣だが、車を降りた二人の巡査は知らない顔だった。

店に入ってきた警官らに事情を説明し、拘束した強盗犯を引き渡す。ティモシーを撃ったことについては黙っておいた。

「……お気に入りのシャツに穴が開いた」

胸をさすりながらティモシーが文句を垂れている。

「君は犯人を逮捕する度に人質を射殺するのか？　道理で市警をクビになるわけだ」

「普通の人間にはしない」嫌味を鼻で笑い飛ばし、訂正する。「それに、クビになったわけじゃない。自主退職だ」

「呼吸が苦しい。肋骨《ろっこつ》にヒビが入ったかもしれない」

「へえ、ウェンディゴにも肋骨があるのか。勉強になった」

「私だって、ただでは済まないんだぞ。撃たれてなんともないわけじゃないんだ。痛覚はあるし、傷を回復するためには体力を使う。すごく疲れるし、眠くもなる」

「これを飲め。眠気が覚めるぞ」

と言って、ミキオは店で購入していたコーヒーを手渡した。ティモシーはカップを受け取りながらも、「そういう問題じゃない」と口を尖《とが》らせている。

なにはともあれ、事件は解決だ。犠牲者も出ていない。店の前では、市警察の警官たちが強盗の男を車に乗せようとしているところだった。あとのことは彼らにすべて任せることにして、ミキオもドラッグストアを出た。「行くぞ、デイモン」

目の前の車道を横断していると、

「そろそろファーストネームで呼んでくれてもいいんじゃないか」と、ティモシーが声をかけてきた。「ルームメイトなんだし」

「お前なんかDemonで十分だ」

「発音が違う、Damonだ。マット・デイモンと同じ」

言葉を交わしながら、二人はオフィスに向かって歩いていく。

「結局、日焼け止めを買い損ねてしまった。この季節の紫外線はウェンディゴの肌に悪いというのに」

ティモシーが残念そうにため息をついた。

「それにしても驚いたな。まさか、偶然にも強盗事件に居合わせるとはね」

それはこっちの台詞《せりふ》だ、とミキオは思った。怪物ひとりでも手一杯なのに、そこに強盗まで加われば、体がひとつじゃ足りない。

「お前といると退屈しないよ」

「それは嬉《うれ》しいね」

「言葉通りにとるな」ミキオはむっとした。「ただの嫌味だ」

「……人間の会話は難しい」

ティモシーは肩をすくめた。

モリスが特殊事件捜査班《EAT》のオフィスとしてこの図書館を選んだ理由が、今になってよくわかった。ここには多くの書物がある。民俗学、民間伝承、神話、都市伝説、怪談——欧米からアジアまで、ありとあらゆる地域に伝わる怪物についての文献が所蔵されているのだ。つまり、この図書館を基地にすることで、事件の捜査と並行してノンヒューマンに関する調べものもできるというわけだ。

図書館の中を五分ほど歩き回っただけで、ウェンディゴに関する書物が四冊も見つかった。ミキオはカウンター内にある自分のデスクに着き、それらの本をさっそく繙《ひもと》いた。

文献に書かれている情報を簡潔にまとめると、ウェンディゴというのはイヌイットやアメリカの先住民の間で語り継がれてきた怪物のことで、人間に似た姿をしているという説もあれば、巨人のような姿だという説もあるようだ。鹿に似た角が頭に生えていたり、顔が骸骨のようだったりと、書物によって外見描写は様々だった。北アメリカのアルゴンキン族の伝承によれば、ウェンディゴは森で迷った猟師が変身したもので、食料に飢えて人間を襲っているのだという。

人を喰らう怪物《マンイーター》である、というのは、どの文献にも共通して見られるウェンディゴの特徴のひとつだった。一方で、人間を襲う化け物でありながらも、氷の精霊として先住民の間で崇《あが》められているケースもあるようだ。

「――ほう、私に興味があるのか」

不意に声をかけられ、分厚い本から顔を上げてみれば、すぐ目の前にティモシーが立っていた。本を覗《のぞ》き込みながら、「嬉しいよ、ミッキー」と目を細めている。

「よく言うだろ」ミキオは本を閉じた。「戦いの基本はまず敵を知ることだ、って」

「そう照れるな」

ティモシーはにやついた。憎たらしい顔である。

「それで、ウェンディゴについての理解は深まったかな？」

「それなりに」

「ああ、ブラックウッドの小説に書かれていることは真に受けないでくれよ。我々は人間を狂わせたりしないし、悪臭を漂わせてもいない。……まあ、ノンヒューマンである以上、多少は獣っぽい匂いがするかもしれないが、それはウェンディゴに限ったことじゃないからね。体臭に気を遣っているノンヒューマンは案外多い。我々が香水臭いのは、そういう理由もあるんだ」

ウェンディゴについて、おおよそは理解できた。しかしながら、諸説ありすぎていまいちその実像を摑《つか》むことができなかった。それに、文献に書かれているのはあくまで言い伝えであり、事実とは異なる場合もあるかもしれない。結局のところ、当事者に直接訊《き》くのが手っ取り早いだろう。

「怪物のくせに、どうしてお前は人間の姿をしているんだ?」

文献に載っていたウェンディゴは、どれも恐ろしい怪物の姿で描かれていた。だが、ティモシーは――風変わりな容姿ではあるが――どこからどう見ても人間だ。なにか秘密があるのだろうか。それとも、資料の情報は偽りで、元々ウェンディゴは人間と同じ姿をしているものなのだろうか。

質問をぶつけてみると、ティモシーは嬉しそうに答えた。「ローマにいるときはローマ人のように振る舞うのが人間のマナーだろう? 我々ノンヒューマンは人間社会に馴染《なじ》もうと長年努力を重ねてきたんだ。その甲斐《かい》もあって、見た目を人類に似せることができるようになった。要するに、人間に擬態しているのさ」

「擬態？」

「瞬時に色を変えるカメレオンと同じようなものさ。尤《もっと》もカメレオンは、カムフラージュが目的で姿を変えているわけではないが」

「今のお前は、仮の姿だということか？」

「そうだね。とはいえ、ほぼ毎日この姿で過ごしているし、私もこっちの方が気に入っているから、仮の姿と呼ぶにはいささか違和感を覚えるな」

つまり言い換えれば、悍《おぞ》ましい姿をした化け物たちが、普段は人間の皮を被《かぶ》ってこの世界に潜んでいるということではないだろうか。人々にとっては喜ばしいとは思えない事実を、ティモシーは得意げに語った。

「私に関して知りたいことがあれば、なんでも質問してくれ。ちなみに、好きな役者はエディ・マーフィ。歌手ならマイケルかな。ジャクソンじゃなくてブーブレの方。好きな人間の部位は脳か心臓か……いや、決められないな。どこも大好物だ」

聞きたくないことまで教えてくれるティモシーを無視し、尋ねる。「弱点は？」

すると、ティモシーの表情が固まった。「……なんだって？」

「ウェンディゴの弱点は何なんだ？」

最も必要性のあるその情報については、どの文献にも書かれていなかった。

「お前は銃で撃たれても平気だし、電気椅子でも死なない。どうやったら、お前を殺せるんだ？」

マナナンガルと同様、ウェンディゴにも特有の「殺し方」があるはずだと、ミキオは考えていた。

「その質問には答えられない」ティモシーはくるりと背を向けた。「私も自分の身が可愛《かわい》いんでね」

「不公平だ」ミキオはむっとした。椅子から立ち上がり、彼の正面に回り込む。「お前はいつでも俺を殺せるのに、俺はお前を傷つけることすらできない」

「私は君を殺さない。約束したじゃないか」

「仮にそれが本心だったとしても、本能には逆らえないだろ」

というミキオの言葉に、ティモシーは眉をひそめる。「……どういう意味だい？」

「たとえばの話だが」ミキオは互いの顔を指差して言った。「たとえば、俺ら二人がどこかで遭難して、何日も助けが来なかったとしたら、お前は俺を喰《く》わないと言えるか？」

「その質問は卑怯《ひきょう》じゃないか？」

ティモシーは苦笑を浮かべた。

「それはウェンディゴ《私》に限ったことじゃない。猛烈な飢餓に襲われてしまえば、人間が人間を食べることだってある。１９７２年に起こったアンデス山脈での飛行機事故を知らないのか？　生き残った乗客たちは救助されるまでの間、死んだ人間の肉を食べて命を繋《つな》いでいたんだ。それだけじゃない。難破船の船乗りたちが仲間を殺して食べたという話は、世界中どこにでも転がっている。１８７５年のフェリシア号や、１８８４年のヴィクトリー号だって――」

「話をすり替えるな」

相変わらずお喋《しゃべ》りな化け物だな、とミキオはため息をついた。

この男はいつもそれらしい言葉をペラペラと並べては、話の本質を煙《けむ》に巻《ま》こうとするのだ。こいつのペースに巻き込まれてはいけない。言い聞かせながら、語気を強める。「問題は、そういう状況に置かれたときに、お前は簡単に俺を殺せる、ということだ」

「それは――」

ティモシーは言葉を飲み込んだ。

それ以上、彼はなにも言わなかった。互いに黙り込み、しんとしたオフィスに張りつめた空気が流れはじめる。

沈黙を破ったのは、突然の来客だった。

図書館のドアが開き、見知らぬブロンドヘアの女が現れた。年は三十半ば。タイトな黒のスーツに身を包んだその女は、ハイヒールの音を響かせながらEATのオフィスを我が物顔で闊歩《かっぽ》している。

いったい何者だ、とミキオが身構えていると、

「CIAのヴァネッサ・キャメロンよ」

女は愛想のない声で名乗った。彼女が提示した身分証と名刺は、たしかに中央情報局のものだった。

「CIAの職員が、我々に何の用かな？」

ティモシーが目を細めて尋ねると、

「あなたたちが捕まえた強盗犯が、逃亡したわ」

と、キャメロンはとげとげしい態度で答えた。

「なんだって？」

ミキオは眉をひそめた。強盗犯――今朝、ドラッグストアで制圧したあの男のことだろうか。

「署に連行している途中で逃げ出したの」

ティモシーが薄く笑った。「ただの強盗事件にCIAが出しゃばっている理由は知らないが、犯人の逃亡は市警の落ち度だ。我々には関係ないね」

易々《やすやす》と怪物に同調したくはないが、今回ばかりはこの男の言う通りだと思う。ヘマを仕出かしたのは二人の警官であって、こちらに責任はない。ミキオも心の中で頷《うなず》いた。

「それが関係あるのよ、怪物さん」

キャメロンのその一言に、ミキオは驚いた。ティモシーも同じく目を丸める。「こいつの正体を知ってるのか？」と問えば、キャメロンは真っ赤な唇を歪《ゆが》めた。

「それが私の仕事だもの」

すると、ティモシーが「なるほど」と唸《うな》った。

「なにが『なるほど』なんだよ」

「彼女の所属は、EATのCIA版だということさ」

そう言われて、ミキオもようやく察した。FBIにノンヒューマン専門の捜査チームがあるのだから、同じようにCIAに対ノンヒューマン用の部署が存在していても不思議ではない。

CIAは我が国を代表する諜報《ちょうほう》機関だ。その活動内容は謎に包まれているが、目下の敵は国内外のテロ組織である。しかし今現在、この国の安全を最も脅かしているのはテロリストより化け物たちかもしれない。彼らが怪物対策に乗り出さないはずがなかった。

「これを見て」

と、彼女が鞄《かばん》の中から取り出したのはタブレット端末だった。監視カメラの映像を再生している。場所はどこかのガソリンスタンドのようで、その傍らにあるトイレの出入り口を映したものだった。

キャメロンが説明する。「連行している途中で、犯人が『トイレに行きたい』と言い出したから、仕方なくここに立ち寄ったそうよ。同行した警官の話では、トイレの中には窓ひとつなかったらしいんだけど……」

カメラの映像には、警官に連れられてトイレに入る例の強盗の姿が映っている。もうひとりの警官は出入り口で待機していた。しばらくして、トイレから警官だけが出てきた。犯人が手錠をしたまま用を足している間に、隣の売店へ煙草《たばこ》を買いに行ったようだ。

「この数分後、警察官が確認したら、トイレの中は蛻《もぬけ》の殻だったわ」

つまり、ほんの数分の間に、強盗犯は忽然《こつぜん》と姿を消してしまったわけだ。

「ここから逃げ出すなんて、絶対に不可能でしょう」キャメロンは意味深な一言を付け足した。「人間なら、ね」

そこには男女それぞれのトイレが設置されているが、女性用トイレも同じような作りをしていて、大の大人が脱出できるようなスペースはなかったらしい。トイレからの道は壁に囲まれた通路一本のみで、その先ではひとりの警官が見張っている、という状況だ。この数分の間にトイレから出てきて警官の前を通ったのは、女性用トイレから出てきたと思われる少女ただひとりだけ。他にカメラの映像に映り込んでいる者はいなかった。

つまり、例の強盗犯は、まるでマジシャンのように完全な密室の中から姿を消してしまったことになる。人間にはできない荒業だが、怪物なら可能かもしれない。キャメロンはそう言いたいようだ。

——が、ティモシーは笑い飛ばした。

「なんでもノンヒューマンの仕業に仕立て上げるのはやめてもらいたいね。きっと警官が賄賂をもらって犯人を逃がしたのさ」

キャメロンも引かなかった。

「不可解なことはこれだけじゃないわ。この強盗犯を顔認識システムにかけて身元を割り出してみたら、前科があった。名前はブライアン・ウォルシュ。二年前に強盗事件を起こしている。ウォルシュは現在、ネバダ州立刑務所で服役中よ」

どういうことだ、とミキオは眉をひそめた。「脱獄したのか？」

「刑務所に問い合わせてみたら、事件が起こった時間帯、ウォルシュは他の囚人と喧嘩《けんか》を起こして懲罰房に入れられていたみたい」

囚人にはこれ以上ないほどの立派なアリバイがあるわけだ。ますます謎が深まる。

「双子の兄弟の仕業とか？」
「ウォルシュに血縁者はいないわ」
となると、お手上げだ。ミキオは肩をすくめた。
「不思議でしょう？　専門家の意見を聞きたくて、あなたに会いにきたの」キャメロンが
ティモシーに尋ねる。「どう思う？」
ティモシーはようやく真面目に取り合う気になったようだ。「なるほど」と頷き、口を
開く。
「同時刻に、別の場所で同じ人間が目撃される――所謂《いわゆる》、バイロケーションというものだ
が、その原因はいくつかある。おそらく今回は、シェイプシフターの仕業だろう」
「シェイプシフター？」
「名前の通り、姿を自由自在に変えることができるノンヒューマンのことさ。スキンウォ
ーカー、オルクロ、化け狐《ぎつね》――世界中に様々なシェイプシフターが存在しているが、連
中は往々にしてバイロケーションを引き起こすことがある」
つまり、と長い指で画面をつつく。
「この強盗犯の正体はシェイプシフターの一種で、まずウォルシュに化けて強盗を働いた
んだ。ところが、我々によって捕まってしまった。そこで今度は、逃走するために用を足

したいと嘘《うそ》をつき、このトイレに入った。……ほら見て、映像の途中に少女が映っているだろう？　この少女は一見、隣の女性用トイレから出てきたように思われるが、実はこの少女こそが強盗犯だったんだ。奴は少女の姿に化けて警官の目を欺いたというわけさ」

ノンヒューマンの存在を知らない下っ端の警察官が、その少女の正体が強盗犯だと見破ることは不可能だろう。

「姿を自在に変えられるなら、わざわざ強盗なんかしなくていいんじゃないか？」ミキオはふと浮かんだ疑問を口にした。「金を手に入れる方法はいくらでもあるだろ。店員になりすましてレジから盗む、とか」

「そう。人間ならそうする。だが、シェイプシフターはノンヒューマンだ。皆が皆、この私のように高い知性があるわけじゃない。人間並みの頭脳をもつ者もいれば、動物に毛が生えた程度の奴もいる。この男はあまりずる賢いタイプじゃなさそうだな」

「それで」キャメロンが尋ねた。「シェイプシフターを捕まえる方法は？」

「罠《わな》を仕掛ければいい」

と答えてから、ティモシーは提案した。

「たとえば、こんなのはどうだろう？　偽のイベント――有名人のそっくりさんコンテストを開くんだ。そして、優勝者には高額の賞金を用意する。賞金に釣られて、市内にいるシェイプシフターたちはこぞって参加するだろう。その全員を捕まえて、DNAを採取する。さすがのシェイプシフターも、遺伝子までは変えられないからね。店やトイレに残されていたDNAと一致した人物が、例の犯人だ。強盗という罪を犯すほど金に困っているならば、彼が賞金目当てでイベントに参加する可能性は高いはず」

「参考にするわ」

「ひとつ貸しだぞ」

ティモシーが片目をつぶると、キャメロンは黙って背を向け、EATのオフィスを後にした。

再び二人きりになったところで、口を開く。「CIAは、シェイプシフターを捕まえてどうする気なんだ？」

「決まっているじゃないか。彼らの下で働かせるのさ。誰にでも化けられるなんて便利な能力があれば、諜報活動もやりたい放題だからね」

たしかにな、とミキオは頷いた。CIAにとってみれば喉から手が出るほど欲しい人材だろう。わざわざFBIのオフィスに出向いてティモシーに助言を仰ぐなんて、やけに熱心だと思ったが、その理由も納得だ。

ティモシーが「さっきの話だが」と蒸し返そうとしたところで、再び図書館のドアが開いた。今度はよく知る黒人の男が姿を現す。モリスだ。

「やあ、お二人さん、おはよう。市警の知り合いから聞いたよ。今朝はお手柄だったそうだな」

と機嫌よく言った直後、彼は驚きの声をあげた。

「どうしたんだ、その服は」

穴の開いたティモシーのシャツを見て、モリスが眉根を寄せる。ティモシーは「シャツ代は経費で落とせるかな?」とおどけた調子で返した。

「犯人に撃たれたのか?」

「いや」ティモシーが黒い爪の先をミキオに向ける。「相棒に」

モリスは事情を察したようで、「仲が良くてなによりだ」と皮肉を呟《つぶや》いた。

それにしても、せっかく強盗犯を捕まえたというのに、即日逃亡されてしまうとは思わなかった。「さっき、CIAの女が来ましたよ」とミキオは上司に報告した。

「CIA?」

「ヴァネッサ・キャメロン」

すると、「ああ、彼女か」とモリスの表情が曇った。その顔を見る限り、あまり好ましい存在ではないようだ。

「彼女には、ＥＡＴの設立を散々邪魔されたよ」

「当然だろうね」ティモシーが頷く。「ＦＢＩとＣＩＡで、ノンヒューマン関連の事件を取り合うことになる」

管轄が被《かぶ》ると縄張り争いが生じる。よくある話だ。

「ＣＩＡはノンヒューマンに関する情報を独り占めしたがっていて、ＦＢＩの介入にいい顔をしなかったんだ。だが、例の事件で――」

口にしかけたところで、モリスはぴたりと止めると、一瞬こちらの顔色を窺《うかが》った。例の事件というのがなにを指しているかを、ミキオは察した。特殊部隊の隊員九名が惨殺された、あの一件だ。

「お気遣いなく、どうぞ」

ミキオが続きを促すと、モリスは再び口を開いた。「あの事件が起こってから、風向きが変わったんだ。ノンヒューマンが起こす事件を専門に扱う捜査チームの必要性を、ＣＩＡも認めざるを得なくなった。人間の仕業か怪物の仕業か、その判断は極めて難しい。死体の肉が食われていたとしても、怪物がやったと決めつけることはできない。現にこの国では、死体の肉を食うカニバリストが過去に大勢逮捕されているからな。いくら残虐な事件であっても、ＣＩＡがわざわざ殺人の捜査に乗り出すのは不自然だろう？　かえって怪しまれかねない。だから彼らは、FBIの一部にだけノンヒューマンに関する情報を開示し、捜査する権利を認めたんだ。苦肉の策だな」

「それが、このチーム？」

モリスは「そうだ」と頷《うなず》く。

「私もCIAに拘束されて、散々調べられたよ」ティモシーが会話に加わる。「連中の拷問はひどいな。何種類もの薬を投与されたし、体中を切り刻まれた。FBIで働く代わりに解放してもらえたのは、ミキオが入院中に騒ぎ立ててくれたおかげでもある。あのままだったら実験体にされていた」

事件後、半狂乱で怪物の存在を叫び続けたミキオに、政府や当局の連中はさぞ焦りを覚えたことだろう。ティモシーが解放と引き換えに事件捜査の協力を持ち掛けたのは、ちょうどその頃だった。反乱分子となりかねないミキオを黙らせ、仲間に引き込むには、怪物であるティモシーの存在は好都合だ。そしてFBIには、ティモシー・デイモン事件を担当し、彼の自供を聞かされたモリス捜査官がいた。役者が揃《そろ》っていたというわけだ。

「そういえば、あの怪物はどうなったんですか」

ミキオの質問に、モリスは力なく首を振る。「CIAにも確認したが、あの事件の犯人は、いまだ逃走したままだそうだ」

あんな狂暴なモンスターが野放しになっているなんて。今も街のどこかで人間になりすまし、のうのうと過ごしているのだろうか。このティモシー・デイモンのように。

——とはいっても、ノンヒューマンによる事件はそう頻繁に起こるわけではない。NYPDに比べれば出動機会は少なく、ミキオたちは暇を持て余すことも多かった。

事件がない日は、自ら事件を探すしか仕事がない。今日もモリスは一日中デスクに張り付き、市警やFBIの殺人課の捜査報告書や犯罪関連の新聞記事を漁《あさ》っている。ノンヒューマン絡みの事件がないか、アメリカ中の事案を洗い直しているようだ。ティモシーもはじめこそはそれを手伝っていたが、やがて飽きてしまったのか、ソファに横になって昼寝をはじめた。勤務中だぞ、とミキオが注意をしたが、目を覚ます気配はまったくない。モリスは「寝かせてやれ」と苦笑した。

「人間とノンヒューマンでは生活リズムが違うんだ。日が出ているうちは、本来彼にとっては眠る時間だ」

「怪物も夜行性なんですか」

「中には例外もいるが」モリスが答えた。「ティムを連れて帰ってもいいぞ。今日は特に事件もないしな」

「いや」ミキオは首を振った。「もう少しここにいます。調べたいこともあるんで」

図書館内をうろうろと歩き回り、怪物に関する資料を手に取る。今度はウェンディゴについてではなく、怪物全般についての文献ばかりをかき集めた。

目的はただひとつ。あの怪物の正体を知りたかった。同僚を殺し、自分を襲ったあの人《ひと》喰《く》いの怪物は、いったい何者で、どうすれば倒せるのか。次に遭遇した際には確実に息の根を止められるよう、仲間の仇《かたき》をとるためにも、知っておかねばならないことだった。

分厚い本を開き、目を通す。吸血鬼、狼人間《おおかみにんげん》、ゾンビ――古今東西の様々な化け物の情報が載っている。先日退治したマナナンガルについての記載もあった。

調べを進めていけば例の怪物の手掛かりが見つかるかもしれないと期待していたが、結局、徒労に終わった。何冊もの文献を入念に読み込んだというのに、ぴんとくるものはひとつもない。記憶が蘇《よみがえ》る気配は一向になく、ミキオの頭の中にいるあの怪物の姿は、未《いま》だ曖昧なままだった。

途方に暮れ、ため息をついたそのとき、コーヒーの入ったマグカップが目の前にそっと置かれた。視線を上げると、ティモシーが立っていた。調べものに没頭している間に、昼寝をしていた怪物が目を覚ましたようだ。

「今度はなにを調べてるんだい？」

「なんでもいいだろ」

　ミキオが突っぱねると、怪物は目を細めた。

「先程のキャメロンとのやり取りを見て学ばなかったのか？　ノンヒューマンのことはノンヒューマンに訊《き》くのが一番だよ」

　悔しいが、ティモシーの言うことは正しい。ミキオは渋々、口を割った。「……あの事件の犯人を探してた。姿形は思い出せないが、人間よりもかなり大きな生き物だったことは確かだ。8フィートはあったと思う」

「8フィートも？」

「ああ」

「本当にそう断言できる？」

　ティモシーは小首を傾《かし》げた。

「こんな話がある。警察がレイプ事件の被害者に話を聞いたところ、彼女は『犯人の身長は6フィート以上の大男だった』と証言した。ところが後日、逮捕された犯人は、5フィートにも満たない小さな男だったんだ」

　ミキオは眉をひそめた。「なにが言いたい？」

「事件の被害者はその心理的外傷のために、犯人を実際よりも大きな存在だと感じてしまうものらしい」

「俺はレイプされたわけじゃない」

「同じことだ。君は心を傷つけられた」

ティモシーの表情は珍しく真剣だった。

「人間が記憶を封印するのは、心を守ろうとしているからだ。あの事件を振り返るには、今はまだ早い。君にはもう少し時間が必要だ」

ミキオは自嘲した。「……記憶をなくすほど怯《おび》えているうちは、俺に勝ち目はないってことか」

「逸《はや》る気持ちはわかるが、奴は逃げはしないさ。いつか思い出せる日が来る。その日までに君がやるべきなのは、心身ともに準備を整えておくことじゃないかな」

ティモシーはそう言い残し、踵《きびす》を返《かえ》した。モリスにコーヒーを運んでいる。ミキオは開いていた本を閉じた。ティモシーの言葉を真に受けただけではない。無駄な努力だということは、自分でも薄々気付いていたからだ。

——心身ともに準備を整えておくこと。

記憶なんて、いつ戻るかわからないのだ。今は怪物と戦える力をつけるべき。その正論には、ミキオも頷かざるを得なかった。

まずは怪物と戦うための身体《からだ》づくりだ。ミキオはさっそく翌日から、早朝のランニングと筋力トレーニングをはじめた。入院生活で体が鈍《なま》りきっている。また鍛え直さなければならない。

その日、日課となったランニングを終えて帰宅したミキオは、いつものようにシャワーを浴びて汗を洗い流した。濡《ぬ》れた黒髪をタオルで乱雑に拭きながらキッチンへ向かうと、朝食用のシリアルをボウルに盛り、牛乳を取り出そうと冷蔵庫を開けた――その瞬間、とんでもないものが目に飛び込んできた。

冷蔵庫の中に、皿に載った人間の腕が置かれている。

「デイモン！」

ミキオの怒号が家中に響き渡った。

その直後、どこからともなく家主が現れた。「どうした、ミッキー」と何食わぬ顔で駆け寄ってきたティモシーを睨《にら》みつけ、ミキオは冷蔵庫の中身を指差した。

「これはなんだ！」

「見ての通り、私の朝食だが」

「……勘弁してくれよ」

おえ、と吐き気を催しながら、ダイニングの椅子に腰を下ろし、頭を抱える。すっかり食欲が失《う》せてしまった。

「まあまあ、コーヒーでも飲んで落ち着いて」

と、ティモシーがマグカップを差し出してきた。豆はコロンビア産の珍しい品種だと彼は得意げに説明したが、ミキオにはいまいち味の違いがよくわからなかった。ドラッグストアのコーヒーサービスと大差ない。

シリアルの入った皿を一瞥《いちべつ》し、ティモシーは目を丸めている。「朝はこれだけ？　君は本当に小食だね」

「お前のせいでな」

トーストや卵も焼こうと思っていたが、そんな気分ではなくなった。「朝っぱらから胸《むな》クソ悪《わる》いもん見せやがって」と悪態をつきながら、ミルクの染み込んだシリアルをスプーンですくい、渋々口の中へと運ぶ。その傍らでは、ティモシーが鼻歌を歌いながら朝食の準備をはじめた。レタスとスクランブルエッグ、それから人間の腕で作った燻製《くんせい》がキッチンに並んでいる。それらをパンで挟めば自家製スモークマンサンドの出来上がりだ。想像してまた吐き気が込み上げてくる。

気を紛らわせようと、ミキオはテレビをつけた。隣州の郊外でハイスクールの生徒が銃殺された、というニュースが報道されている。「殺人事件？」と、軽くトーストしたパンに切り込みを入れながらティモシーが尋ねた。

「昨夜、ニュージャージーの高校で生徒が銃殺されたらしい」

「おやおや、なんとも物騒な学校だな」

「この家のキッチンに比べたら平和だ」

おそらく今、アメリカで最も物騒な場所はここだろう。人間の腕を料理しているエプロン姿の食人鬼を、ミキオはきつく睨みつけた。

「君のその態度を見ていると、バロン博士の定説に異議を唱えたくなるな」

「何の話だ」

「レンセラー工科大学が行った実験さ。香ばしいコーヒーの匂いが漂っている場所では、人間は人助けをする確率が高くなるらしい。つまり、コーヒーの香りには他人に対して優しくなるという効果があるわけだが――」ティモシーは口を尖《とが》らせた。「どうやら君は例外のようだ」

「それで俺にコーヒーを飲ませたのか？」

「少しは私に優しくしてくれるかと」

「俺が例外なんじゃない、お前が例外なんだ」ミキオは苛立《いらだ》ちながらティモシーを指差した。「朝っぱらから人肉を切り刻んでる奴に、優しくできるわけがないだろ」

「そうか、すまない。そんなに気にするとは思わなくて」

「気にするに決まってる。俺と同じ生き物が目の前で餌にされてんだぞ」

「デリカシーが欠けていたね。以後気をつけるから、今日は我慢してくれ」

ティモシーが人間の腕に包丁を入れようとした、そのときだった。携帯電話に着信があった。食事の手を止め、ミキオは端末を耳に当てる。「はい、ジェンキンスです」

『私だ、モリスだ』

FBIの上司からの突然の連絡というのは、十中八九、悪い知らせである。「どうしました」

『ティモシーはいるか？』

「ええ、目の前に。残念ながら」

『彼にも聞こえるようにしてくれ』

スピーカーに切り替えると、ティモシーは電話に向かって「おはよう、モリス。どうしたんだい？」と暢気《のんき》に声をかけた。

モリスが低い声で本題に入る。

『死者が生き返ったらしい』

ドラッグでもキメているのかと心配になる発言だが、そういった異常な事件を捜査するのがこのチームの仕事だ。ティモシーは真面目な顔で返した。「それは大変だ」

『ニュージャージー州に住む女性が、死んだはずの息子を見たと騒いでいるそうだ。女性の名前はメアリー・クーパー。息子はカールという名で、近所のハイスクールに通っていたが、先月亡くなっている』

「高校生か。まだ若い。この世に未練がありそうだ」ティモシーが呟《つぶや》く。幽霊として化けて出ても不思議ではない、と言いたげな声色だった。

『今から現場に向かって、調べてきてくれ』

死んだ者を見た、などという真偽の曖昧な話はこの世に腐るほどある。最愛の息子を亡くした母親の単なる幻覚に過ぎないと考えるのが普通だろう。しかしながら、どんなに馬鹿馬鹿しい話であっても、ＥＡＴに所属するからには真面目に捜査に当たらなければならない。

ゆっくり食事をとっている場合ではなくなった。残りのシリアルをいっきに胃の中へ流し込み、ティモシーを急《せ》かす。「行くぞ」

ミキオはすばやく身支度を終えると、ライフルやショットガン、サブマシンガンやグレネードなど、ありとあらゆる武器を車のトランクに積み込んだ。どれもFBIから支給された対ノンヒューマン、そして対ティモシー用のものだ。どれが効くかはわからないし、どれも効かない可能性も高いが、万が一この食人鬼が人間を裏切った場合には、命をかけて処分することが自分の責務でもある。

「捜査のために州を越えるなんて、FBIらしくなってきたね」

なにも知らないティモシーは、「クイーンとビートルズはどっちにする？」と古いCDを手に暢気なことを抜かしている。車内のBGMを心配する前に、自分の身を心配した方がいいぞ、とミキオは心の中で呟いた。

助手席にティモシーを乗せ、ミキオは車のエンジンをかけた。クイーンがいいと言ったにもかかわらず、車のオーディオからはビートルズの『プリーズ・プリーズ・ミー』が流れ、さらにティモシーが歌を口ずさみはじめた。遠足気分なのか、やけにご機嫌だ。隣でカモンカモンと喧《やかま》しい怪物を横目で睨みつけながら、ミキオはやけくそ気味にアクセルを踏み込んだ。

「……おい」

「ん？」

「なにしてんだ、お前」

車を走らせること十数分。ティモシーが袋からなにかを取り出し、牙を剥《む》き出《だ》して齧《かじ》り付いた。チキンでも持参したのかと思いきや、それが燻製にした人間の腕だということに気付き、ミキオはぎょっとした。

「車の中で食べようと思って持ってきた。急な呼び出しで、朝食を食べ損ねてしまったからね」

「俺の隣で人間を喰《く》うな。頼むから」

「いいのかい？」ティモシーは文字通り人を喰ったような顔で小首を傾《かし》げた。「これから二時間、空腹の私と二人きりでドライブすることになるが」

……それは困る。

こんな狭い密室の中で飢えた怪物と過ごすわけにはいかず、ミキオはすぐ傍《そば》で行われている残虐な行為に目をつむるしかなかった。「どうぞ食事を続けてください」

「では、遠慮なく」

満足げに人肉を頬張りながら、ティモシーは次の曲を口ずさむ。今度はヘルプヘルプとうるさい。助けてほしいのは俺の方だ、とミキオは顔をしかめた。

妙な緊張感と懐かしのUKロックを携えた二時間ちょっとのドライブを経て、ミキオたちはニュージャージー州の現場に到着した。

当事者の住所はモリスから聞いている。長閑《のどか》な田舎町にあるごく普通の一軒家。呼び鈴を鳴らしたミキオたちを、痩せこけた女が出迎えた。相談者のメアリー・クーパーだ。夫は仕事で家を空けているという。

憔悴《しょうすい》しきった母親を前に、やはり遺族と話をするのは嫌な仕事だな、とミキオは気が重くなってきた。所属が殺人課から特殊部隊に移ってからというもの、こういった機会は久々である。

ミキオが名乗ると、

「まさか、FBIの方がいらっしゃるとは思いませんでした」と、メアリーは少し驚いていた。「ただの見間違いだろうって、ダグラスにも信じてもらえなくて」

ダグラスというのは地元の保安官のことらしい。同じ学校に通う息子を持つ者同士、昔からの顔馴染《かおなじ》みだそうだ。

「もしかしたら、目撃されたのは息子さんではなく」普通、FBI捜査官がこんな事件にも満たない事例をわざわざ調べにくるはずがない。怪しまれないよう、ミキオは言い訳をつけておいた。「我々が追っている連続住居侵入犯かもしれないので、念のためお話を伺いに」

ミキオの言葉に、メアリーは少々失望したようすだった。彼女は見間違えではないと自信をもっていて、息子の存在を信じ、それを理解してもらうことを他人にも期待しているようだ。

なにから切り出そうかと迷っていたところ、

「息子さんについて、訊《き》いてもいいかな？」

ミキオよりも先に、ティモシーが口を開いた。お気の毒です、なんて言葉をかけることもなく、怪物は単刀直入に尋ねる。

「どうして亡くなったの？」

「事故です。三週間前のことでした。夫の猟銃が暴発して……」

メアリーの話によると、息子のカールは自宅のガレージで死亡していたらしい。彼の手にはガレージで保管していた猟銃が握られており、その弾丸が彼の顔面を貫いていたという。自ら引き金を引いた——つまり、自殺の可能性も考えられたが、カールの身の周りに遺書の類はなかったため、地元の警察は「父親の猟銃を盗み出そうとした際に起こった不運な暴発事故」と結論付けたようだ。

「死んだ息子さんの姿を見たのは、いつ？」

「一昨日のことです。夜中にガレージで物音がしたので、中を覗《のぞ》いてみたら、息子が立っていて……」

メアリーは驚き、すぐに夫を呼びに行ったという。夫を連れて戻ってきたときには、カールの姿は消えていたそうだ。

「あなたが見たのは、本当にカールでした？」

ミキオの質問に、メアリーは力強く頷《うなず》いた。「ええ。後ろ姿しか見ていませんが、あれは間違いなくカールでした」

幽霊なんかじゃなかったと主張するメアリーに、ティモシーが質問を続ける。

「声を聞いた？」

「いえ」

「息子さんは、どんな格好をしていた？」

「上は、コミックのパーカーです。あの子が好きだったキャラクターの。下はジーンズです。埋葬したときと同じ姿でした」

「どちらに埋葬を？」

「この近くの墓地です。教会の裏にあります」

「息子さんの写真をお借りしても?」というティモシーの最後の質問に、彼女は頷き、一枚の写真を手渡した。アメフトのボールを手に微笑《ほほえ》む少年が写っているそれを、ティモシーはそっと胸ポケットにしまった。

日が暮れてから、ミキオとティモシーはカール・クーパーが眠っているという墓地を訪れた。蒸し暑い夜だったが、辺り一面うっすらと霧がかっていて、その不気味な光景にミキオは寒気すら覚えた。月明かりに照らされた天使の石像や、こだまする野犬の遠吠《とおぼ》え、ずらりと並ぶ墓石だけでも雰囲気十分だというのに、隣を歩いているのは人喰《ひとく》いの怪物。これ以上ないほどホラー映画の条件が揃《そろ》っていることに失笑せざるを得ない。

「――あれは、1872年の出来事だった」

懐中電灯を片手に墓地を散策しながら、ティモシーがおどろおどろしい口調で恐怖を煽《あお》ってくる。

「サラ・ハートという名の女性が急死し、墓地に埋葬されたんだが、その数か月後、サラの家族が奇妙な夢を見たんだ。それは、死んだはずのサラが棺桶《かんおけ》の中で助けを求めているという夢だった。これはただの夢じゃない、きっとなにかのお告げだと感じた家族は、教会に頼んで墓を掘り起こしてもらったんだが、棺桶を開けた彼女たちは、そこで驚くべきものを見た——」

「やめろ」

「おや、この手の話は苦手かい？」ティモシーはにやりと笑った。怪談話をやめる気はないらしい。「サラの爪は割れ、指先には血が滲《にじ》んでいた。棺桶の蓋は引《ひ》っ掻《か》いたような傷に塗《まみ》れ、彼女の顔は恐怖と苦痛で歪《ゆが》んでいたそうだ」

「死者が生き返った、って言いたいのか？」ミキオは鼻で笑った。「生きたまま埋葬されただけのことだろ」

「その通り。当時の技術や知識は不正確だったからね。まだ生きている人間を死んだと誤診する医者も少なくなかった」

「今の時代じゃありえない話だ」

「そう、ありえない。だから、カールが死んだという事実は間違いない。メアリーが見たのは、息子にもう一度会いたいという願望から生じた幻覚か、この世に未練を抱いて化けて出たカールの幽霊か、そのどちらかだろう」

しばらく歩くと、お目当ての墓が目に留まった。カール・クーパー。たった十六年の生涯を終えた少年がこの土の下に眠っている。墓石に刻まれた今年の西暦が痛々しい。

「さあ、はじめようか」

ティモシーはその手に二本のシャベルを持っている。

「墓を掘り返すのか？」

「棺桶の中身を確認することは、ノンヒューマン捜査における基本中の基本だよ」

当然のごとくシャベルを差し出され、ミキオは渋々受け取るしかなかった。体重をかけて切っ先を地面に突き刺し、土を外側へと掻き出す。はたしてこんなことに意味があるのかどうかは不明だが、オカルト関係の事象において彼の知識は馬鹿にできないということは、先日のポリスイーターの一件で証明されてしまった。ここは専門家の言うことをおとなしく聞いておくしかない。

無言でひたすら穴を掘り進めていたところ、一息ついた怪物が口を開いた。

「ゲオルク・シュタールというドイツの医師は、生と死の境界を研究していた。彼は目に見えない何らかの力が、人間の心臓や肺を動かしていると考えていた。その力のことを、シュタールは《魂《アニマス》》と呼んでいたんだが——」

「無駄口叩《たた》いてないで手を動かせ」

「お喋《しゃべ》りしていた方が気が紛れるだろう」ティモシーは構わず話を続ける。「シュタールは、死体の腐敗は魂が体から抜けたことで起こると考えた。当時はそれが最先端の科学だったんだ。民衆はその説を信じ、迷信や伝承と結び付けられ、死んでもなお体に留《とど》まり続ける魂が、生きている人間に危害を加えたり疫病を蔓延《まんえん》させたりしているという考えが言い伝えられていた。その考えは、独立戦争で兵士の治療にあたったドイツ人軍医たちによって、アメリカにもたらされたのさ。そして、瞬く間に国中に広まった」

「そんな突拍子もない考えが、そう簡単に受け入れられるものなのか？」

「その頃ちょうど、この国では結核が流行《はや》っていたからね。民衆たちは原因不明の病にひどく怯《おび》えていた。医者ですらお手上げとなると、もはや迷信に頼るしかない。彼らは死んだ人間の墓を掘り起こして、中身を検証した。魂が抜けた死体か、そうでない死体か——つまり、ちゃんと腐敗しているか、そうでないか、ということを」

長い話を聞きながら、ミキオは手を動かし続けた。いつの間にか、穴は自分の腰のあたりの深さになりつつある。もう少しだ。シャベルを持つ手に力が入る。

「腐敗していない死体は、どうしたんだ？」

「火葬した。魂を葬るために」

腐敗の進み具合は、その死体が置かれていた環境に左右される。当然、寒い時期に埋葬されたものは腐りにくい。だが、腐敗の遅い死体を見た彼らは、「この死体には悪霊が取《と》り憑《つ》いている！」と大騒ぎしたというわけだ。

「馬鹿馬鹿しい話だな」

と、ミキオは肩をすくめた。

「たしかに医学的には馬鹿馬鹿しいかもしれない。現代人から見ればシュタールはただのインチキ医師だし、その説に踊らされた市民たちはまるでカルト信者だ。だが、怪物学的には、彼らのしていたことはあながち間違いでもないんだ。火は聖なる力をもっていて、浄化作用があると言われている。ウィンチェスター兄弟がいつも墓を掘り起こして死体を燃やしているのも、理にかなった行為だというわけさ」

なにが言いたいのかはさっぱりわからなかったが、これからティモシーがやろうとしていることは予想できた。


「つまりお前は、墓を掘り返して、埋葬されたカールの遺体を燃やすつもりなんだな」

「そういうこと」ティモシーが頷く。「もし、メアリーが目撃したカールの正体が幽霊や悪霊の類だったとしたら、遺体を火葬することで退治できるはずだ。それで一件落着。我々もニューヨークに帰れる」

そうこうしているうちに、土の中から棺桶の姿が見えてきた。蓋の隙間にシャベルの切っ先を差し込み、打ち付けられている釘《くぎ》を外していく。

「開けるぞ」

ティモシーが棺桶に手を伸ばした。

棺《ひつぎ》の中身は、蛆《うじ》の湧いた腐乱死体ではなかった。

——空だ。

棺桶の中は、空っぽだった。埋葬されたはずのカールの遺体がない。

いったいどういうことだと目を見張るミキオの隣で、「ニューヨークには帰れそうにないな」と、ティモシーが小さくため息をついた。

そんなわけで、不本意にもニュージャージー州に一泊することになってしまった。怪物と一晩をともに過ごすのは気が引けるので、国道沿いの安モーテルを二部屋取ろうとしたのだが、恐ろしく不幸なことに一部屋しか空きがなかった。今夜は車中泊だな、とミキオは覚悟を決めた。

晩飯のために近くのダイナーに寄り、ハンバーガーとコーラを注文した。一方、ティモシーは相変わらずコーヒーだけを頼んでいた。ミキオは軽く潰したハンバーガーに齧《かぶ》り付きながら、今回の一件について「どう思う？」と怪物に見解を仰いだ。

「どうだろうね。もしかしたら、何者かがカールの遺体を盗んだのかも」

「盗んだ？　何のために？」

死体盗掘事件が蔓延《はびこ》っていた大昔のロンドンならともかく、金品を一切身に着けていない少年の墓を掘り起こして、いったい何の得があるのだろうか。

首を捻《ひね》っていると、

「食料にするためさ」と、ティモシーがミキオの疑問に答えた。「死体を食べるノンヒューマンは、よく墓を荒らすんだ」

「それじゃ、母親の前に現れたカールは何なんだ？」

「誰かがカールの死体を食べ、残骸を別の場所に捨てた。そして、きちんと埋葬されなかったカールは幽霊として彷徨《さまよ》うことになった――とは考えられない？」

もしその線が正しければ、火葬するのは苦労しそうだ。まずは放置された遺骨を見つけ出さなければならないのだから。

「死者を蘇《よみがえ》らせる儀式を行うため、何者かがカールの遺体を盗んだ可能性もあるな。たとえば、メアリーの正体が魔女で、息子を生き返らせようとしている、とか」

メアリーは最愛の息子を失い憔悴《しょうすい》しきっていた。とてもじゃないが、息子の復活を企てる活力があるようには見えなかった。それに、そのつもりなら、わざわざこうして「息子が現れた」と騒ぎ立てることはしないだろう。

「もしくは、カールが墓から自力で抜け出したか。ほら、マイケル・ジャクソンの『スリラー』みたいに」

「カールがゾンビになった、って言いたいのか？」

「まあ、それは冗談として。可能性はいくらでも考えられる。ただひとつわかったのは、この事件が我々の管轄で間違いないということだ」

ハンバーガーを咀嚼《そしゃく》しながら、ミキオは頷《うなず》いた。「ああ、そうだな」

そのときだった。突如、電子音が鳴り響いた。携帯電話が着信を知らせている。ミキオは手についたソースをナプキンで拭うと、上着のポケットから端末を取り出した。相手はモリスだった。口の中のものを飲み込んで「はい」と応答したところ、上司は挨拶もなしに、いきなり本題を告げた。

『ゾンビが出たらしい』

何度も言うが、ドラッグで上司の頭がぶっ飛んでいるわけではない。

幽霊の次はゾンビ騒動。まさか、とミキオは呟《つぶや》いた。

モリスによると、どうやらこの近くで殺人事件が起こったらしい。とにかく行けばわかるという話だったので、ミキオたちは食事を終えると、さっそく現場へ向かった。

事件現場は、墓地からほど近い場所にある高校だった。すでに敷地《しきち》の入り口には数台の警察車両が陣取り、現場となった部屋――アメフト部の部室らしい――はバリケードテープで囲まれている。

「FBIのジェンキンスです。彼はコンサルタントのスミス」

IDを掲げ、テープを潜《くぐ》るミキオたちを、小太りの中年男が迎えた。捜査の指揮をとっている地元警察のグラハム刑事だ。「どうしてFBIが、うちの事件を？」と、グラハムは訝《いぶか》しがっていた。

「ちょうど近くにいたもので。上の命令で」ミキオは誤魔化しながら答えた。「邪魔はしませんから」

現場であるロッカールームに足を踏み入れると、すぐに死体が目に飛び込んできた。壁にもたれて座るような格好で、体格のいい少年が胸から血を流している。この学校に通うヘンリー・オーエンスという生徒で、アメフト部のスター選手だそうだ。居残りでトレーニングをしてからシャワーを浴びた後に襲われたようで、タオルを腰に巻いた状態で息絶えていた。

「胸を撃たれている。昨夜の事件と同じだ。おそらく同一犯の犯行だろう」

グラハム刑事の話では、昨晩も銃殺事件が起こったばかりらしい。被害者は同じアメフト部の部員で、教室の中で死体となって発見されたという。ひとりでいるところを襲われたようだ。「そういえば今朝、ニュースで見ました」とミキオも思い出した。

当局はアメフト部のコーチを怪しんでいるようだ。第一発見者であるコーチの男は、試合中の動きについて被害者と言い争っているところを、他の部員や教師にも複数回目撃されていた。

「ダグラスも気の毒に」

と、刑事は呟くように言った。

「ダグラス？」聞き覚えがある名前だ。「もしかして、保安官の？」

「彼を知ってるのか」グラハム刑事が目を丸める。遺体を一瞥《いちべつ》し、顔をしかめた。「ヘンリーは、ダグラス・オーエンスの息子なんだ」

そういえば先刻、現場の外で泣き崩れている夫婦を見かけたが、夫の方は保安官の制服を着ていた。おそらく、あの男がダグラス・オーエンス保安官なのだろう。気の毒に、とミキオも眉を下げた。

「目撃者は？」

ティモシーが尋ねた。いくら夜間とはいえ、学校に残っていた者はいるはずだ。誰かが犯人を見かけているかもしれない。

すると、

「いるにはいるんだが……」

と、刑事は歯切れの悪い返事を寄こした。犯人らしき人物を見たという者が、ひとりだけ現れたという。「清掃員の女性が、銃声の直後に部室から出てくる男を見たらしい」

「どんな男だったと?」

「ゾンビだ」

刑事は肩をすくめながら答えた。

「ゾンビのようなマスクをしていた、と言っている」

「マスク?」

ミキオはティモシーと顔を見合わせた。お互い考えていることは同じのようだ。とはいえ、さすがに「それは本当にマスクでした? 本物のゾンビじゃなくて?」と大真面目に尋ねるわけにもいかない。

「犯人は顔を隠すためにマスクを付けてたんだろうな。ほら、仮装パーティでよく見る、あんな感じの」

「なるほど」ミキオは頷いた。

「そうだね」ティモシーも頷き、わざとらしく笑い飛ばした。「ゾンビなんて、この世にいるわけがない」

ある程度の情報を集めたところで、グラハム刑事に礼を告げ、ミキオたちは現場を後にした。車の助手席に乗り込むや否や、ティモシーが口を開く。「モリスの言っていた『ゾンビ』は、連続殺人犯なのかもしれないね」

「被害者二人はカールと同じ高校で、同じアメフト部に所属していた」

「偶然と呼ぶには出来すぎている」

「ああ」ふと、ひとつの仮説が頭に浮かんだ。「もしかしたら、カールの一件も他の部員と同様に、殺しだったんじゃないか？」

三人とも銃で死んでいる。カールの事件がもし、猟銃の暴発事故に見せかけた殺人だったとしたら。

銃撃されたアメフト部員たち。墓から消えた死体。ゾンビマスクの男の目撃証言――すべての情報が、ミキオの頭の中でひとつに繋《つな》がったような気がした。そういうことか、と心の中で呟く。

一度、モーテルに戻ってから、車を駐車場に停《と》めた。

「行くぞ」

　ミキオが声をかけると、ティモシーは首を傾《かし》げた。「どこへ？」

「ゾンビ狩りだ」

　車を降りてトランクを開け、中から装備を取り出す。闇に溶け込むような漆黒のつなぎに袖を通すと、その上から防弾ベストを装着し、ライフルとショットガンを背中に担ぐ。腰には手榴弾《しゅりゅうだん》とマガジンを装着したベルトを巻き、拳銃を二丁差し込んだ。さらに、足元のワークブーツに小型のナイフを忍ばせたら、準備完了だ。

「よし、作戦開始だ」

　前線の米兵さながらのミキオの格好に、ティモシーが「驚いた」と声をあげる。

「『コマンドー』のシュワルツェネッガーかと思った」ティモシーはわざとらしく目を丸めた。「戦争でもはじめる気かい？」

「お前が軽装すぎるんだよ。そんなんじゃ返り討ちにされるぞ」

　重装備のミキオとは対照的に、ティモシーは丸腰だった。いつもの服にいつもの黒いロングジャケットを羽織っているだけで、武器の類は一切持っていない。携帯が許可されていないこともあるが、そもそも本人にその気がなさそうだった。「いくら人が殺されてるとはいえ、そこまで武装しなくても」と気合十分のミキオを笑っている。まるで夜の散歩にでも出掛けるかのような緊張感のなさだ。

「なんたって、相手はゾンビなんだぞ」ミキオは鼻息荒く返した。「敵は一匹だけとは限らない。嚙《か》まれて感染した町の住人がうじゃうじゃいて、集団で襲い掛かってくるかもしれないだろ」

「ゾンビ映画の見過ぎだよ」

からかうように笑うティモシーに、ミキオはむっと眉をひそめた。「襲われたって助けてやらないからな。お前を囮《おとり》にして、俺だけ生き延びてやる」

怪物同士で共食いされてろ、と吐き捨てながら、暗視ゴーグルを頭に装着する。

「まあ、君のやりたいようにやればいいさ」

未《いま》だ乗り気ではないティモシーに、

「いいか、よく聞け。事態は一刻を争うぞ」ミキオは深刻な表情を浮かべて言った。「これは連続殺人だ。一連の事件の犯人は例のゾンビマスクの男で、この町の人間を全員ゾンビ化するつもりなんだ」

「ゴッサムシティにいる悪役《ヴィラン》みたいな設定だね」

茶化すティモシーを睨《にら》みつけてから、ミキオは言葉を続ける。「カール・クーパーの死は事故じゃない、殺されたんだよ。犯人はゾンビウィルスを仕込んだ銃弾でカールを撃ち殺したんだ。ウィルスに感染したカールはゾンビと化し、後日墓から蘇った。そしてガレージを彷徨っているところを、母親に目撃された。人間をゾンビ化する実験に成功した犯人は、今度は高校に忍び込み、アメフト部の部員たちを撃ち殺した。今頃、被害者の死体は安置所でうろうろ歩き回ってるかもしれない」

「面白い。ハリウッドで映画化しよう。タイトルは『ハイスクール・オブ・ザ・デッド』で決まりだ。ラジー賞を受賞する未来が見える」

「真面目に聞け」

「聞いてるさ。名推理だと思うよ、モルダー捜査官」

「心にもないことを」ミキオはむっとした。「だったらお前の推理を聞かせてみろ、スカリー」

「そうだな」

ティモシーは顎に手を当て、答えた。

「私の予想では、一連の事件の犯人はカールだ」

「……なんだって？」

「移動中に調べたんだが、これを見てくれ」

と、ティモシーはタブレット端末を取り出し、ミキオに向けた。インターネット上のページが表示されている。

「あの高校の掲示板だよ。ほとんど教師や生徒の悪口で埋め尽くされているが、その中に興味深い書き込みを見つけた。どうやらアメフト部の部員たちは、カールのことをいじめていたらしい」

「なんだ、これは」

ミキオは眉をひそめた。「なに？」

「おそらくカールは、いじめを苦に自殺したんだ。父親の猟銃を持ち出して、自分の顔に向けて引き金を引き、命を絶った。……いや、もしかしたら、本当に事故だったのかもしれない。いじめに耐え切れなくなったカールが、家のガレージに保管してある猟銃を使って、自分をいじめていた部員たちを撃ち殺そうと考えた可能性もある。盗み出したそのときに、たまたま銃が暴発してしまい、カールは志半ばで死んだ。まあ、いずれにしろ、カールには彼らを殺す動機があるということさ」

「つまりお前は、蘇《よみがえ》ったゾンビカールが家のガレージから猟銃を盗み出し、自分をいじめた相手を殺して回っているって言いたいのか？」

「端的に言えば、そういうことだ。掲示板でもカールの呪いだって噂《うわさ》になってる」

「ネットに書かれているようなことを鵜呑《うの》みにするなよ」

「呪いかどうかはさておき、被害者の共通点を割り出すのはプロファイリングの基本だろう？」

たしかに、それは一理ある。ミキオは反論を飲み込んだ。

「掲示板の情報をまとめてみたら、いじめに関わっていた連中は三人いたようだ。昨夜に殺されたスコット・ハリソンと、今日殺されたヘンリー・オーエンス。それから、主犯格のジェイミー・クラーク――彼はまだ生きてる」

「次に狙われるのは、そいつか」

「おそらく」

ティモシーはすぐにモリスに連絡を入れ、ジェイミーの住所を調べてもらった。ここから1マイル以内の距離にある一軒家だ。車に乗り込み、すぐさま向かう。

しばらく車を飛ばしていると、二階建ての家が見えてきた。窓の明かりはまだ煌々《こうこう》と光っている。それなのに、玄関のベルを押しても反応がない。訝《いぶか》しみ、ドアノブに手をかけたところで、ミキオは唾を飲み込んだ。

――鍵が開いている。

「先客がいるようだな」ティモシーが警戒した声色で告げた。「微《かす》かだが、臭いがする」

しずかにドアを開け、中へと足を踏み入れる。リビングに男女が倒れていた。ジェイミーの両親だろう。頭を殴打されたようで、気を失っている。

「遅かったか」

とミキオが呟いた、そのときだった。二階から悲鳴が聞こえてきた。弾かれたように体を翻し、ミキオは走り出した。

急いで階段をのぼり、部屋のドアを開けた瞬間、酷《ひど》い臭いが鼻を刺す。

──ゾンビがいる。

部屋の中央に、腐敗した死体が立っている。肉が爛《ただ》れ、剝《む》き出《だ》しになった両眼は今にも零《こぼ》れ落《お》ちそうだった。顔の下半分は骨ごと変形している。着ている服は汚れ、ボロボロに破けていて、その隙間から白骨化した肉体が覗《のぞ》いていた。ブロンドの髪に、キャラクターもののパーカー──その死体には、辛《かろ》うじてカールの面影が残されていた。

所々骨が剝き出しになった腕で、カールは猟銃を構えていた。その軌道の先では、寝間着姿の少年が腰を抜かしている。ゾンビと化したカールは、今にもジェイミーを撃ち殺そうとしていた。

「やめろ!」

ミキオは叫ぶと同時に、その死体に体当たりをした。一発の銃声が鳴り響く。狙いは大きく逸《そ》れ、銃弾は壁にめり込んだ。

武器を奪い取ろうと、ミキオは猟銃を握りしめた。ゾンビが暴れ、抵抗する。ミキオと摑み合いになり、縺れるようにして床に転がった。腐乱死体がミキオに馬乗りになり、力任せに猟銃を奪い返そうとする。ミキオは片手で相手の動きを抑え、逆の手で拳銃を抜いた。近距離からゾンビの額に数発発砲する。

一瞬、死体は怯《ひる》んだように見えた。被弾した勢いに押され、数歩後退《あとずさ》った。だが、すぐに足を止め、再び襲い掛かってくる。

ミキオは舌打ちし、

「ゾンビに銃は効かないのか――」ティモシーに向かって叫んだ。「おい、こいつの弱点を教えろ！」

「それより、まずは撤退だ。ジェイミーを安全な場所へ」

ティモシーは冷静な口調で告げると、恐怖に震える少年の体を担ぎ上げた。

「さすがの彼も、車のスピードには追い付けまい」

ミキオは装備していたショットガンを構え、退却しながらカールを撃ち続けた。両足に弾丸を食らわせると、さすがに動きが止まった。その場に蹲《うずくま》るカールを尻目に、部屋を出て、車へと急ぐ。助手席にティモシーを、後部座席にジェイミーを乗せたところで、ミキオはアクセルを踏み込んだ。

そのときだった。二階の窓ガラスが割れ、カールが飛び出してきた。地面に着地し、全速力で車を追いかけてくる。驚いたことに、ショットガンで負傷させたはずの両足の骨は再生し、元通りになっていた。

「……誰が追い付けないって？」

ミキオは顔をしかめた。カールはすぐ後ろまで迫っている。ハンドルを握る手に汗が滲《にじ》んだ。

「すごい執念だな」と隣でティモシーが苦笑した、次の瞬間――ドンッ、という音とともに車体が大きく揺れた。

カールが車の屋根に飛び乗ってきたのだ。

くそ、とミキオは声を荒らげた。

カールは車を破壊しようとしている。屋根を何度も殴打する音が響き渡り、とうとう天井に大きな穴が開いてしまった。途端に強い風が車内に吹き込んでくる。

「オープンカーになった」

「冗談言ってる場合か！」

屋根の穴からゾンビの手が伸びてきた。後部座席のジェイミーが悲鳴をあげている。

ミキオは何度もハンドルを切り、車を大きく蛇行させてカールの体を振り落とすと、さらにアクセルを踏み込んだ。

法定速度を大幅にオーバーしたまま、ミキオたちはモーテルまで戻った。部屋の中にジェイミーを連れ込み、ティモシーがドアに鍵をかけた。

「おい、大丈夫か」

ベッドに座らせたジェイミーは、魂が抜けてしまったかのように呆然《ぼうぜん》としている。ミキオの声は彼の耳に届いていなかった。

「あいつだ……カールだ……」

ジェイミーはただ譫言《うわごと》のように呟くだけだ。

「あいつが生き返って、ゾンビになったんだ……俺を殺すために……」

錯乱状態だった少年はそのまま気を失ってしまった。ミキオは彼の体を抱え上げ、ベッドに寝かせてやった。

そのときだった。力を入れた拍子に、腕がずきりと痛んだ。見れば、自分の前腕から血が滴っている。気付かないうちに怪我《けが》を負ってしまったようだが、心当たりはひとつしかない。掌《てのひら》で血を拭うと、そこには歯型のような痕がくっきりと残っていた。

「……おい、嘘《うそ》だろ」

ミキオは目を剝き、ぼそりと呟いた。血の気が引いていく。ショックのあまり、「マジかよ」と天を仰いだ。

「どうした、ミキオ」

「……噛《か》まれた」

間違いない。あのとき、ゾンビと揉《も》み合ったときにできた傷だ。猟銃を摑んでいたミキオの腕にカールが噛みついたのだ。興奮状態だったおかげで痛みに鈍くなっていたが、冷静さを取り戻した今になって、ようやくズキズキと脈打つような激痛が襲ってきた。

「くそ！　噛まれた！　ゾンビに噛まれちまった！」

ミキオは取り乱し、声を荒らげた。

ゾンビに噛まれた人間の末路はよく知っている。自らもゾンビと化し、人間を襲うようになるのだ。

「……最悪だ」

ベッドに腰かけ、項垂《うなだ》れる。

自分はもうすぐ死ぬ。醜い怪物と化してしまう。人の意識を保っていられるのは、あとどれくらいだろうか。冷や汗が滲み、頰を伝った。深い絶望がミキオの心を覆いつくしていく。

——畜生、俺もここまでか。

ひとつ息を吐き出し、ミキオは覚悟を決めた。「おい」とティモシーを低い声で呼びつける。

「……お前に、頼みがある」

青ざめた顔で告げると、ミキオは肩に担いでいたショットガンを差し出した。

「俺が正気を失ったら、すぐに殺せ」

しかし、ティモシーはそれを受け取らなかった。眉をひそめ、憐《あわ》れむような表情を浮かべている。「ミキオ……」

「なにも言うな」

慰めはいらない。ベッドの上にショットガンを置き、掌で顔を覆う。込み上げてくる感情を、唇を嚙みしめてぐっと堪《こら》えた。

「ねえ、ミキ――」

「黙れ」

ティモシーを一蹴してから、ミキオは深く長い息を吐き、自嘲気味に笑った。

「……あんなに怪物を毛嫌いしてたくせに、最後は自分も怪物になっちまうなんて、皮肉なもんだな」

笑いごとじゃないが、笑うしかなかった。もう、どうすることもできないのだから。自分はゾンビに嚙まれてしまった。あとはただ、この肉体が朽ち果て、人肉を貪るだけの怪物と化すのを待つしかない。

すると、

「感傷に浸っているところ悪いんだが、少しは私の話も聞いてくれないか」

ティモシーが暢気《のんき》な声色で言い出した。

渋々顔を上げ、彼の方を見遣《みや》る。「……なんだよ」

「良《い》い知らせと悪い知らせがある。どちらから聞きたい？」

「その言い回しは嫌いだ。どっちでもいいからさっさと話せ」

わざとらしく咳払《せきばら》いをしてから、ティモシーが本題に入る。「では、まずは良い知らせから。ゾンビに嚙まれた人間もゾンビになってしまうという通説は、フィクションの中だけの話だよ」

「……え？」

「そもそもゾンビというのは、ハイチに伝わるブードゥー教の呪術師によって作り出される操り人形のことだ。農作業を行うための奴隷でね、術者の命令しか聞かないから、実際のゾンビは基本的に人間を嚙まない。要するに、ゾンビを生み出すにはそれなりの儀式が必要であって、嚙まれたくらいではゾンビにはならないんだ」

ティモシーは肩をすくめた。

「尤《もっと》も近年では、その呪術を嗜《たしな》む者も絶滅寸前だ。本物のゾンビを作り出せる術者はそうそういない。現存のほとんどがテトロドトキシンとブフォトキシンを使って人間を仮死状態にしているだけの、ただのインチキ呪術師さ」

「嘘だ」ミキオは首を振った。「図書館《オフィス》で、ゾンビに関する資料は読んだ。たしかにブードゥー教の呪術を起源とする説もあったが、ゾンビ化するウィルスも存在しているって書いてあったぞ」

「いいだろう。仮に君の言う通り、この世にアンブレラ社の開発したゾンビウイルスが実在していて、ゾンビに嚙まれた者もゾンビになってしまうという事実があるとしよう」ティモシーは淡々と言葉を続ける。「それでも、君はゾンビにはならない」

「どうして」

「あのノンヒューマンはゾンビじゃないからだ。だから、嚙まれたところでゾンビにはならない。なりたくてもなれないのさ」

――ゾンビじゃない、だと？

ミキオは目を大きく見開いた。「それを早く言え！」とティモシーの胸倉を摑み、激しく揺さぶる。

「言おうとしたのに、君が止めるから」乱れた襟元を整えながらティモシーがくすくすと笑う。「まあ、屍《しかばね》に噛まれたことには違いないから、感染症の恐れはある。念のため傷口を洗って消毒しておくといい。……ああ、ついでにシャワーも浴びた方がいいな。移り香がひどいよ。髪の毛に蛆《うじ》もついてる」

ミキオは言われた通り、シャワールームで傷口を洗った。水を頭からかぶり、体にこびりついた腐敗臭を洗い流す。備え付けのバスタオルを腰に巻き、ハンドタオルで髪の毛を拭きながら、ティモシーに尋ねた。「ゾンビじゃないなら、あれはいったい何なんだ」

「おそらく、タキシムだろう」

「タキシム？」

「東欧に伝わるノンヒューマンさ。復讐鬼《ふくしゅうき》と呼ばれている」

ソファに足を組んで座り、ティモシーが答えた。

「君も見ただろう？　カールは相手を選んでいた。ジェイミーの両親には手をかけることなく、ただ気絶させただけだった。君の知るゾンビだったら、無差別に人間を喰《く》い殺していたはずだ。彼の目的はただひとつ、他の被害者と同じように、ジェイミーを猟銃で殺すこと。だから、我々にも銃口を向けなかった」

たしかにな、とミキオは唸《うな》った。そもそもゾンビが銃で人を殺すなんて話、聞いたことがない。

「死んだカールの怨念が、死後に彼をタキシムというノンヒューマンに生まれ変わらせたんだ。自分をいじめた連中を地獄に送るためにね。何度失敗しようと、彼は必ずジェイミーを殺しに来るだろう」

「それが悪い知らせ？」

「いや、それよりもっと悪いことだ。実は、タキシムにはどんな攻撃も効かないんだ」

「退治する方法がない、ってことか？」

「そう。だが、連中は復讐を果たすと満足して消える。本懐を遂げるまで——つまり、この少年を殺すまで、我々はタキシムをどうすることもできないということさ」

怪物の正体が割れたというのに、倒す手段がないとは。無力感に苛《さいな》まれ、ミキオは湿った頭を掻《か》きむしった。

「というわけで」ティモシーがいやに明るい声色で告げる。「さっさとジェイミーをタキシムに差し出して、事件を終わらせよう」

その一言に、ミキオは目を見張った。「なんだと」

「いじめていたんだから、自業自得だろう？　ジェイミーには他の二人と同じように、罰を受けてもらおうじゃないか。それで一件落着だ」

つまり、タキシムにジェイミーを殺させる、ということだ。

「見殺しにする気か」ミキオは眉根を寄せた。「お前は結局、怪物の肩を持つんだな」

「怪物？ タキシムは元はといえば人間だ。生前の無念や恨みが怪物へと変化させる。そうさせたのは彼ら人間だぞ。どちらが怪物だと言える？」

一切の感情がこもっていない、冷たい声色でそう言い放つと、ティモシーは気絶しているジェイミーの体を担ぎ上げようとした。どうやら本気で少年を怪物に差し出すつもりのようだが、このまま黙って見ているわけにはいかない。ミキオはショットガンを構え、ティモシーに銃口を向けた。

「どんな理由があろうと、人を殺してはいけない。それが人間のルールだ。そのルールを破るというなら、俺はお前を力尽くで止める」

ティモシーは動きを止め、ミキオに向き直った。両手を広げ、口の端を上げる。「私にそんなものは効かないよ」

「わかってる」

拳銃の類はウェンディゴには通用しない。弱点を知らない以上、この怪物を倒すことはできない。

だが、これなら少しは効くだろう。

「……ティモシー、頼む」

ミキオはショットガンを置くと、怪物に懇願した。

「知識は武器だって言ったよな。お前の武器を貸してくれ」

この男、ティモシー・デイモンならば、今のこの状況を打開する何らかの知恵を持ち合わせているはずだ。

怪物は一瞬、驚いたように目を丸めていた。まさかミキオがこうして頼み事をするとは思わなかったのだろう。

しばらく黙り込んでから、

「……ひとつだけ方法がある。うまくいく保証はないが」

と、呟《つぶや》くように言った。

「方法？　どんな？」

「彼女に借りを返してもらうのさ」

懐から取り出したのは、一枚の名刺。ＣＩＡのヴァネッサ・キャメロンのものだった。


その翌日。

夜になると、タキシムは再び高校に姿を現した。腐敗は昨日よりさらに進んでいて、今やカールとは判別できないほどだった。悪臭も増している。

アメフト部の部室の中で、タキシムは佇《たたず》み、猟銃を構えていた。

銃口の先には、部員の少年。ジェイミー・クラークがいる。

「や、やめてくれ、カール！」ジェイミーは後退《あとずさ》りながら、涙声で訴えた。「俺が悪かった！　許してくれ！」

次の瞬間、タキシムは引き金を引いた。猟銃から銃弾が飛び出し、少年を襲う。銃声が鳴り響くとほぼ同時に、弾は心臓に命中し、少年の胸元が赤く染まった。

「う、ぐ……」

呻《うめ》き声《ごえ》をあげ、その場に倒れ込む。しばらくぴくぴくと痙攣《けいれん》していたが、やがて少年は動かなくなった。

それを見たタキシムの手から、猟銃が零《こぼ》れ落《お》ちる。辛《かろ》うじて人の形を保っていたその死体は、ボロボロと崩れ、身も骨も跡形もなく消えてしまった。復讐を果たしたカールが、ようやくタキシムの怨念から解放されたのだ。

その直後、

「……いてて、マジで痛え」

倒れていた少年が声をあげた。

むくりと起き上がり、胸元を押さえて顔をしかめている。

「あー、痛え。最悪だ」

ミキオとティモシーはロッカーの中に身を隠し、その場のようすを見守っていた。扉を開けて中から顔を出し、「うまくいったな」と頷《うなず》く。

次の瞬間、ジェイミーの姿に変化が起こった。あどけない少年の顔が、三十手前のいかつい顔をした男に変わる。ネバダ州立刑務所に服役中であるブライアン・ウォルシュと瓜《うり》二《ふた》つの顔をしたその男の正体は、自由自在に姿を変えることができるノンヒューマン――シェイプシフターだ。

ティモシーの妙案によって、CIAはシェイプシフターの捕獲に成功していた。組織の勧誘を受けたシェイプシフターは、思惑通りCIAの手先となった。破格の条件を提示したのだろう。

キャメロンはティモシーに借りがある。キャメロンに連絡を入れ、そのシェイプシフターを一晩だけ貸してほしいと頼んだ。シェイプシフターをジェイミーの姿に変身させ、タキシムにジェイミーを殺させて――正確には、殺したと思い込ませて――復讐を終わらせるためだ。

「これで、ジェイミー・クラークが命を狙われることはないだろう」

ティモシーの言葉に、ミキオも頷いた。

ジェイミーになりすましたシェイプシフターのもとに、案の定タキシムは現れた。そして、彼を撃った。だが、ウェンディゴと同じく銃で撃っただけではシェイプシフターは殺せないらしい。カールは殺したと錯覚しているだけだが、それで十分だ。本懐を遂げ、満足したタキシムは消え去った。もう二度とカールが蘇《よみがえ》ることはない。ティモシーの作戦は成功した。

「なあ、もう帰っていいか？」

ふらつきながら立ち上がり、シェイプシフターの男は眉をひそめた。

「ああ」ミキオは頷いた。「もういいぞ」

たしかに便利な能力だ。CIAが欲しがるのも頷ける。

「ご協力ありがとう。いい演技だったよ」ティモシーが微笑《ほほえ》んだ。

やはり怪物でも痛覚はあるらしい。慰謝料はFBIに請求するからな、とシェイプシフターはぶつぶつと文句を言っていた。

なにはともあれ、これで事件は解決だ。

立ち去る協力者を見送りながら、

「……もう撃たないよ、お前のこと」

と、ミキオは小さな声で告げた。

ティモシーは一笑した。「そうしてくれると有り難い」


帰りはティモシーが運転すると言い出した。屋根に穴が開いた車の助手席に座り、窓の外を眺めていたミキオは、いつの間にやら居眠りをしていた。夢の世界へ誘われたミキオを待っていたのは、やはりあの日の悪夢で、今回も惨殺される同僚の隊員たちを救うことはできなかった。

ミキオが目を覚ますと、

「夢見が悪いようだね」

ハンドルを握って前を向いたまま、ティモシーが声をかけてきた。どうやら自分はまた悪夢に魘《うな》されていたらしい。ミキオは掠《かす》れた声で答えた。「……まあな」

「私の知り合いに、人の夢を食べるノンヒューマンがいる。中国の四川省出身で、今はニューヨークのチャイナタウンに住んでいる男なんだが、紹介しようか？」

ミキオは首を振った。「いや、必要ない」

「だが、よく見るんだろう？　あの事件の夢を」

「……ああ」訊《き》かれ、ミキオは素直に認めた。目元を摩《さす》りながら頷く。「ほぼ毎日」

「人間という生き物は、自分だけが生き残ってしまうと罪悪感を抱くものらしい。所謂《いわゆる》、サバイバー症候群だ。不思議なものだね、生存することで罪の意識を抱くなんて。生き物は本来、生き残るために生きているというのに」

やはり人間は面白い、とティモシーは目を細めた。

「君は正義感も責任感も強いし、サバイバー症候群に陥りやすそうだ。悪夢を見てしまうのも、自責の念が強いせいだろう」

「それにしては、変な夢だよ」ミキオはため息をついた。「俺たちを襲った化け物が、毎回違う姿をしてるんだ」

今回は、ゾンビだった。夢の中で、腐乱死体が隊員たちを食い散らかしていた。あんな事件があったばかりだから、ゾンビが夢に出てきたことは理解できるが。

怪物の正体がころころと変わるのは、記憶が曖昧なせいだと思っていた。事件のショックであの怪物の姿を覚えていないため、脳が勝手に補完しようとしているのだと。

ところが、ティモシーの見解は違うらしい。「もしかしたら、なにかの暗示かもしれないな」と意味深なことを言う。

「暗示？　どんな？」

「さあね。それはわからない。だが、この世の事象には、すべてに意味があるものだ。きっと、君の夢にもね」

それから、ティモシーはこちらを一瞥《いちべつ》し、片目をつぶった。

「奴が襲ってきても、今は私がいるから大丈夫だ。安心して眠るといい」

「お前がいるのに安心できるかよ」

ミキオは笑い飛ばした。起きていなければと思う頭とは対照的に、疲れた肉体は睡眠を貪りたがっている。やがて誘惑に負け、ミキオの瞼《まぶた》はゆっくりと閉じた。

不思議なことに、今度は夢を見なかった。

4　ヴァンパイア・シンドローム

そのうち慣れるさ、という上司の言葉は、あながち間違いでもなかった。

それにしても、慣れというのは怖いものだと思う。いつしか人喰《ひとく》いの化け物との共同生活にもすっかり適応してしまったようで、家の中で無防備に眠りこけている自分に驚かされることが度々ある。物音がする度に飛び起きていた日々が嘘《うそ》のようだ。

質のいい睡眠を確保できることは人間として喜ばしいものだが、その一方で弊害も生まれる。就寝中はどうしてもティモシーの監視が疎《おろそ》かになってしまうのだ。この日、たまま深夜に目を覚ましたミキオは、ふと、物音を耳にした。玄関のドアが開け閉めされているようで、鍵をかける音も聞こえた。どうやら、ティモシーがどこかに出掛けていて、今しがた帰ってきたようだが、ミキオにとってみれば始末書ものの失態である。いくらGPSのチップを埋め込まれているとはいえ、ミキオの同行なく外出することはこの怪物には許されていない。

それにしても、こんな時間に、あいつはどこへ出掛けていたのだろうか。ミキオは首を捻《ひね》った。監視の目を盗んで悪さを働いていないといいのだが。

その翌朝、ミキオが一階へ降りると、ティモシーはキッチンにいた。いつものように「おはよう」と微笑みながら、淹《い》れ立てのコーヒーを手渡してくる。ミキオはそれを受け取ると、逆の手でリモコンを操作し、テレビの電源をつけた。朝のニュース番組が市内で起こった事件について報じている。濃いブラックコーヒーと、セントラルパークで女性の遺体が発見されたことを告げるキャスターのおかげで、寝ぼけていた頭もすっかり冴《さ》えてしまった。

事件の被害者はバラバラに切断されて捨てられていて、朝のランニングをしていた男性によって発見されたという。犯人は別の場所で女性を殺し、人気のない時間帯に死体を貯水池の中へと遺棄したようだ。

もしかして、と嫌でも考えてしまう。ティモシーがこっそり外出した翌朝に死体が発見されたことは、はたして偶然なのだろうか。もし仮に、これがただの偶然ではなかったとしたら、自らの監督責任が問われる由々しき事態である。

「昨日、どこに行ってた？」

マグカップに口をつけながら、ミキオは尋ねた。まさかとは思うが、念のため本人に確認しておかなければならない。

すると、ティモシーはきょとんとした顔で首を捻った。

「昨日は、この家から一歩も出ていないよ」

——一歩も出ていない？　本当に？

疑惑が深まる。だったら、昨夜のあの物音は何だったんだ。

「どうして隠す？」

「何の話かな」

「夜中に、ドアが閉まる音を聞いた。出掛けてたんだろ？　勝手に出てったことは許してやるから、どこでなにをしていたのか言え」

最大限の譲歩を見せたが、それでもティモシーは認めようとはしない。「聞き間違いだよ、きっと。寝ぼけていたんじゃないかな」

いや、そんなはずはない。ますます怪しいな、とミキオは眉をひそめた。

「なぜ嘘をつくんだ？　後ろめたいことでもあるのか？」

尋問するかのような口調になってしまった。

質問の意図を察したらしく、さすがのティモシーも眉間に皺《しわ》を寄せた。テレビを指差し、尋ねる。「……もしかして、私を疑っているのか？　あの事件の犯人だと」

「質問を質問で返すな」

「そんなに疑うなら、GPSの記録を調べるといい。事件現場には近寄りもしてないことがわかるはずだ」

「そういう問題じゃないだろ」ミキオはむっとした。

以前、この怪物は言っていた。ミキオを裏切ることはしない、信用してもらえるよう自分の行動で証明していくつもりだ、と。

「今のお前の行動は、信用に値するか？」

ティモシーが嘘をついていることは確かだ。

正直に言え、と問い詰めると、

「ああ、そうそう、思い出した。昨夜はちょっと買い物に行ってたんだ。牛乳を切らしてたんでね。君に報告しなくて悪かった。ぐっすり眠っていたから、起こすのが忍びなくてさ。次からはちゃんと声をかけるよ。私が勝手にうろうろすると、君も困るだろうし。すまなかった、反省している」一息にそう言い、ティモシーは鼻を鳴らした。「……これで満足かな？」

「お前なぁ」

「トーストが焼けた。朝食を用意しよう」

テーブルに一人分の皿を並べながら、ティモシーがにっこりと微笑《ほほえ》む。その笑顔にこれ以上の詮索を許さないような圧を感じ、ミキオは口を閉じるしかなかった。

ティモシーの分の朝食はなかった。食欲がないのだろうか。


オフィスまでの道のりはしずかなものだった。いつもはベラベラと喋《しゃべ》り倒している怪物が、今日は固く口を閉ざしている。疑われたことに対する意趣返しだろうか。まあ、こちらとしては一向に構わないけどな、とミキオは肩をすくめた。おとなしくしてくれていた方が有り難《あ》《がた》い。

オフィスには、すでに上司のモリスの姿があった。挨拶もそこそこに「集まってくれ」と命じられ、ミキオとティモシーは中央にあるボードを囲んだ。

「今朝、遺体が発見された」

モリスが話を切り出し、ホワイトボードに写真を貼り付けていく。右手、右足、左手、左足、胴体、頭――部位ごとに切断された女の死体だ。朝っぱらから見るもんじゃないな、と眉間に皺が寄ってしまう。

「もしかして」写真を見つめながらティモシーが尋ねた。「例の、セントラルパークに捨てられていた死体？」

「そうだ」

モリスは頷《うなず》き、事件の概要を説明しはじめた。

被害者の名前はリンダ・ブレイン。十九歳。市内の大学に通う学生だそうだ。死体の青白い顔には、まだあどけなさが残っている。

「我々に捜査要請が届いた」

「どうして？」

「ここ」

と、モリスが写真を指差す。リンダの首筋には二つの点が刻みつけられている。ちょうど頸動脈《けいどうみゃく》の辺りだ。

「……吸血鬼の噛《か》み痕に似ているな」薄い唇に指を当て、ティモシーが呟《つぶや》いた。

言われてみれば、たしかに牙で噛まれた痕のように見えなくもない。

「死体には、ほとんど血液が残っていなかった」

リンダの遺体には、バラバラに損壊されたことを除けば、噛み痕以外の外傷がほとんど見られなかったという。

「遺棄するためにバラバラに？」

「もしくは、残りの血を啜《すす》るために切り刻んだのかも」

手足を拘束した痕は残っているが、肉を喰《く》われた形跡はないので、人肉を餌とする怪物の仕業ではなさそうだ。ティモシーはミキオを横目で睨《にら》み、「疑いが晴れてなにより」と嫌味ったらしく告げた。

遺体に残された噛み痕と、血液が抜かれていることから、上の連中は吸血鬼の仕業だと判断したのだろう。そこで、このEATに捜査権が回ってきたというわけだ。

「歯型とDNAを照合してみたが、これまでに逮捕された吸血鬼の中に一致する者はいなかった」

写真を眺めながら、まずいな、とティモシーが呟く。「吸血鬼にとって人間の血を直《じか》に吸うことは、コカインを摂取するのと同等の興奮作用があるらしい。一度で病みつきになってしまう。早く捕まえないと、犠牲者が増えるぞ」

「私は辺り一帯の防犯カメラの映像を確認する」モリスが指示を出した。「二人は、関係者に聞き込みを」

「了解」ミキオは頷いた。「まずは、リンダの肉親から当たってみるか」

殺人の捜査は、被害者の家族、恋人、友人、近所の住人など、まずは関係者を洗うことからはじめるのが基本だ。

ところが、ティモシーは異論を唱えた。

「それは無駄なことだ。吸血鬼は衝動的、場当たり的に殺人を犯す。シリアルキラーと同じようなものさ。ただ目の前を歩いていただけの人間が襲われることもある。被害者の人間関係から犯人を絞り込んでいくことは難しい」

まずは加害者である怪物に焦点を当てる方が効率的だというのが、ティモシーの見解のようだ。

「だったら、どうしろって言うんだよ」

「吸血鬼のことなら、あの男に話を聞けばいい」

「……あの男?」

ティモシーは答えなかった。行こう、と腰を上げ、足早に図書館を出ていく。

追いかけようとしたところで、

「ミキオ」

と、モリスに呼び止められた。

「なにかあったのか?」

いったい何のことだろうか。足を止め、眉をひそめる。「……はい?」

「ティモシーの機嫌が悪いようだが」

小声で告げるモリスに、

「ああ」と、ミキオは声をあげた。「実は……今朝、ちょっと言い合いになって」

取るに足らない話だ。小競り合いの原因を説明すると、モリスはため息をついた。「なるほど、それで拗《す》ねてるわけか」

「おそらく」

「君に疑われたのが、余程ショックだったんだろうな」

という上司の言葉を、ミキオは笑い飛ばした。「あいつがそんなことを気にするような性質《たち》ですか」

あの怪物の図々《ずうずう》しさは誰よりも知っている。それくらいのことで傷つくような可愛《かわい》げのある性格ではない。

だが、モリスはそうは思っていないようだ。

「ああ見えて、意外と繊細な男なんだよ」と、苦笑を浮かべている。「君が謝れば、すぐに機嫌を直すさ」

ミキオは「はあ」と気のない返事をした。

俺が悪いのか？　納得がいかない。

長く生きているティモシーには様々な人脈があるらしい。彼の言う「あの男」とやらに会いに行くため、二人はさっそく車に乗り込んだ。

助手席に座るティモシーは一言も喋らず、ただ窓の外を眺めている。いつまで拗ねているんだかと呆《あき》れると同時に、「君が謝れば」というモリスの言葉が頭を過《よぎ》る。

ミキオはハンドルを握り、

「……疑って悪かった」

前を向いたまま、ぼそりと呟いた。正直なところ納得はいかないが、これも上司の命令なので致し方ない。前々から思っていたことだが、モリスはこの怪物に甘いような気がする。もしや弱みでも握られているのだろうかと邪推していると、ティモシーがようやく口を開いた。

「気にしてないよ」

嘘《うそ》をつけ、と思う。ものすごく気にしていたくせに。車を発進させながら、ミキオは心の中でため息をついた。

「そんなことより、今回の事件について考えようじゃないか」

モリスの言う通り、ティモシーの機嫌はすぐに直ったようだ。いつものお喋りな怪物に戻った彼は、嬉々《きき》として怪物論を語りはじめた。

「まずは、吸血鬼がどういうものかを知っておく必要がある。吸血鬼には始祖——言うなれば、神が創り出した最初の一体がいるんだ。まあ、人間で言うところのアダムのようなものさ」

ティモシーの説明によると、吸血鬼が繁殖するには儀式が必要だそうだ。人間が吸血鬼の血を飲み、吸血鬼が人間の血を吸う——血液を交換することで儀式は成立し、血を吸われた人間は吸血鬼になる、というシステムらしい。

「遥《はる》か大昔に、始祖がその儀式を行い、何人もの人間を吸血鬼に変えた。そうして生まれた始祖の子供たちが、また人間と血を交え、子供を作った。そして、始祖の子供や孫たちは世界中に散らばり、そこで独自の変化を遂げていった。オーソドックスな吸血鬼の性質に、それぞれの地域性が加わったんだ。人間の生き血を啜るノンヒューマンは、古今東西様々な種類が存在しているが、そのほとんどが元を辿《たど》れば一体の吸血鬼だったと言われている」

「マナナンガルも？」

「そうだ。察しがいいね」出来のいい生徒を褒める教師のように、ティモシーは目を細めてみせた。「人間だって、同じ種族なのに住んでいる地域で見た目も話す言語も違う。それと同じことさ。あのマナナンガルだって、一見、吸血鬼には見えなかっただろう？　見た目も退治方法も、吸血鬼とはまるで違う。だが、吸血鬼の系譜を辿ってきたノンヒューマンの弱点は、基本的に似たり寄ったりだ。ニンニク、太陽光、十字架、聖水……首を切り落とせば動けなくなるし、杭《くい》で心臓を突き刺せば死ぬ」

「そういえば、マナナンガルもニンニクと朝日が苦手だったな」

「それが、吸血鬼を祖先にもつ名残というわけだよ」

「なるほど」

「次の角を左に。あとは、真っ直《ます》ぐ進んでくれ」

ティモシーの道案内を頼りに車を走らせること三十分。辿り着いたのは、郊外にある小さなカトリック教会だった。

ミキオは木々に囲まれた砂利道に車を停《と》めた。焦げ茶色の煉瓦《れんが》造りの建物の前には、黒い法衣《ほうえ》を身にまとった男が立っている。ブリキの如雨露を手に、花壇に水やりをしているところだった。

「ファーザー」

ティモシーが声をかけると、男が振り返った。

「やあ、ティム」

神父《ファーザー》と呼ばれたその聖職者は、ティモシーに負けず劣らずの青白い顔だった。プラチナブロンドの髪の毛を後ろに撫《な》でつけている東欧系の男で、歳《とし》は見たところ三十半ば前くらいだろうか。

「きれいな花だね」

「ありがとう」と微笑《ほほえ》み、男は如雨露を花壇の脇に置く。「信者の老婦人にマリーゴールドの苗をもらってね。四月に植えたんだが、もうこんなに大きくなった」

「花の成長は早いな。まるで人間みたいだ」

「同感だよ」

花壇は手入れが行き届いていて、彼が愛情込めて世話をしていることが窺《うかが》える。水滴をまとった黄色い花々は太陽の光を反射し、より眩《まばゆ》さと鮮やかさを増していた。

「そういえば、聞いたよ、ティム。FBIに入ったらしいじゃないか」

話題を変えたファーザーに、ティモシーが「そうなんだ」と声を弾ませる。

「紹介するよ、彼が相棒のミキオ・ジェンキンス捜査官。ミキオ、こちらは私の古い友人で、この教会の神父だ。それでいて彼は、ニューヨークの吸血鬼コミュニティを仕切っているリーダーでもある」

「……それってつまり、あんたも吸血鬼ってことか？」

質問に答える代わりに、ファーザーは柔和な笑みを浮かべた。「どうぞよろしく」

たしかに、この男にはティモシーに似た妖しげな雰囲気がある。血色の悪い肌に加え、造り物のように整った顔立ちや歳の割に落ち着いた態度も、彼が人間ではないと知れば頷《うなず》けるものだった。

「驚いただろう」ファーザーが灰色の目を細めた。「吸血鬼が聖職に就いているなんて」

「ええ、まあ」

彼の言う通り、驚いた。首から十字架を下げていることも、燦々《さんさん》と降り注ぐ太陽の光を浴びながら花に水やりをしていることにも。ミキオが抱いていた吸血鬼のイメージを根底から覆すものだった。

「平気なんですか、アレ」

と、ミキオが太陽を指差して尋ねると、ファーザーは口の端を上げた。「日焼け止めを塗っているからね」

「……そういうものなのか？」

日焼け止め程度で弱点を克服できるものなのだろうか。ミキオが首を傾《かし》げていると、今のは冗談だよ、とティモシーが一笑した。怪物のジョークはわかりにくいな、と思う。

「ファーザーは始祖の血が濃いから、十字架も太陽も効かないんだ。始祖に近ければ近いほど、より強い力を持っているというわけさ」

儀式を繰り返すことで吸血鬼は鼠算式《ねずみざんしき》に増えていく。新しく誕生する個体ほど始祖の血が薄く、吸血鬼としての力も弱くなっていくものらしい。この男は始祖から血を直接譲り受けた者の中の一体であるため、真夏の日差しの下でガーデニングに勤《いそ》しんでいても平然としていられるのだという。

「ファーザーは私と同じ親人派でね、人間社会の中で穏やかに暮らすことを望んでいるんだ。この教会では毎週、献血のボランティアを募っていて、近所の人がたくさん生き血を提供してくれる。その血液を、彼はコミュニティの仲間に配っているんだよ。飢えた吸血鬼が人間を襲うことがないように」

すると、ファーザーの顔から笑みが消えた。

「ティム、君がここに来た理由は見当がついている。例の事件のことで、私に話を聞きに来たんだろう？」

「さすが、耳が早い」ティモシーは苦笑した。「だが、気を悪くしないでくれ。君を疑っているわけじゃない。犯人に心当たりがないか、教えてもらおうと思っただけだ。この街の吸血鬼のことなら、君に訊《き》くのが得策だと思ってね」

「心当たり、か……」

ファーザーは眉根を寄せ、考え込んだ。

しばらくして、徐《おもむろ》に口を開く。

「実は最近、配給に姿を見せない者がいるんだ。どちらも若い吸血鬼で、ひとりはイーデン・ダフ、五十歳。もうひとりは、ゲイル・オーウェン、百三十歳」

はたしてそれは若いと言えるのだろうか。ミキオは内心首を捻《ひね》った。

「イーデンもゲイルも、昨日の配給に来なかった。その前の回も不参加だ。我々吸血鬼が飢えに耐えられるのは、長くて十日前後。豚や牛の血で空腹を紛らわすことは可能だが、やがて人の血を求めるようになる。半月も配給に訪れないとなると――」

「余所《よそ》で血を吸ってるかもしれないな」

ミキオの言葉に、ファーザーが眉をひそめる。「私の仲間が人を襲っているとは、考えたくはないがね。どんなに目を光らせていても、決まりを破る者はいる。人間だってそうだろう？　だから、君たちＦＢＩがいる」

ファーザーの血液配給は、吸血鬼の仲間のための食料確保であると同時に、素行を監視する役割も担っているようだ。コミュニティに所属すれば飢えに苦しむことはないが、リーダーの信念に背いた場合は厳しい粛清が待っている。人を襲い、殺した者には、ファーザー自身が制裁を下すのだという。

怪物であっても、やはり仲間を手にかけることは心が痛むのだろうか。「今回は我々に任せてくれ」というティモシーの言葉に、ファーザーは少し肩の力を抜いて頷いた。

「私だって、君の仲間をむやみやたらに殺したくはない。事情聴取も必要だし、できれば生け捕りにしたいと考えている」

そう提案するティモシーに、

「だったら、これを使ってくれ」

と、ファーザーが手渡したのは、小型のリボルバーだった。

「その中には、ラテン語の呪文を刻んだ銀の弾が入っている。吸血鬼を殺すほどの効力はないが、動きを止めるくらいはできるだろう」


吸血鬼の住処《すみか》といえば古城や地下室などのイメージしかなかったが、イーデン・ダフの自宅はハーレム地区にあるごく普通のアパートメントだった。建物の壁はカラースプレーで描かれた下品な単語やグラフィティアートで埋め尽くされており、怪物が巣食うゴシックホラーな雰囲気はまるでない。

ミキオたちが事情聴取に訪れたとき、イーデンは在宅していた。所々塗装の剝げた緑色

のドアを乱暴に叩《たた》くと、

「……うっせえな、誰だよ」

と、髭《ひげ》を生やした若い男が顔を覗《のぞ》かせた。今は昼の十二時だが、どうやら眠っていたらしい。叩き起こされ、いかにも不機嫌そうだった。

「イーデン・ダフだな？」

ミキオが尋ねると、イーデンは眉をひそめた。「そうだけど、あんたは？」

「FBIだ」

IDを掲げ、ドアの隙間に足を差し込む。イーデンの眉間の皺《しわ》がさらに深くなった。

「FBIが俺に何の用だ」

ミキオは男の顔をじろじろと眺めた。「思ってたよりずいぶん若いな。五十歳には見えない」

見たところ、二十四、五といったところだ。「彼らの見た目は、最後に人間だった年齢からは老けないのさ」と、背後でティモシーが告げた。

つまりこのイーデンは、二十代の頃に吸血鬼になり、そこから三十年弱ほどが経《た》った、ということだ。

「……あんたら、俺の正体を知ってんのか」

ミキオとティモシーのやり取りを聞き、イーデンの顔色が変わった。さらに警戒を強めたようだ。

「少し話を聞きたいだけだ。中に入れてくれないか」

落ち着いた声で返すと、イーデンは渋々といったようすで招き入れた。狭いワンルームに足を踏み入れる。端にパイプベッドが置かれているだけの、殺風景な部屋だった。キッチンには酒瓶が並んでいる。吸血鬼も酒を嗜《たしな》むらしい。

ベッドに腰かけ、イーデンが訊く。「それで、話って？」

「どうして配給に行ってないんだ？　ファーザーが心配してたぞ」

尋ねると、イーデンは目を逸《そ》らした。「……別に。腹が減ってないだけだ」

ティモシーは部屋の中を歩き回り、殺人の痕跡が残されていないかを探っている。仮にリンダを殺した犯人がイーデンで、この部屋の中で手にかけたのであれば、何らかの証拠が見つかるかもしれない。尖《とが》った鼻をひくつかせ、バスルームやクローゼットの匂いを嗅ぎ回るティモシーに、イーデンは「なにやってんだ、あんた」と露骨に嫌そうな顔をしていた。

一通り部屋の中を調べたティモシーが、今度はキッチンの横に置かれた小さな冷蔵庫に手を伸ばした。「おい、待て」とイーデンが慌てて制したが、遠慮なくドアを開け、中からペットボトルを取り出す。

「おや、これはなにかな」

その透明な容器には、真っ赤な液体が入っていた。ティモシーは蓋を開け、飲み口に付着した液体を小指で掬《すく》い取《と》った。赤く染まった指先をぺろりと舐《な》め、目を細める。

「人間の味だ」

人喰《ひとく》いの化け物がそう言うのだから間違いないだろう。容器の中身は人間の血。立派な証拠である。狼狽《うろた》えるイーデンの表情からしても、この男が何らかの事件を起こしたことに疑う余地はなさそうだ。

「一緒に来い」

とりあえず、身柄を確保して詳しく話を聞くとしよう。ミキオが手錠を取り出すと、

「お、おい、ちょっと待ってくれよ」

と、イーデンは慌てふためいていた。

「俺がなにをしたっていうんだ」

「リンダ・ブレインを喰《く》い殺した？」

というティモシーの言葉に、イーデンは顔をしかめた。「知らねえよ、そんな奴。俺はやってない」

「それじゃあ」ティモシーがペットボトルを掲げて問う。「この血は？」

「ネットで知り合った女にもらったんだよ。吸血鬼に憧れてるから、自分も吸血鬼になりたいっていうイカれた奴で、血を吸ってほしいって言われて——でも、リンダじゃない。そんな名前じゃなかった。俺、やってねえよ」

「まさか、その子を吸血鬼にしたのか？」ティモシーが眉をひそめた。「勝手な繁殖はファーザーに禁止されているだろう」

すると、イーデンは顔をしかめ、

「……わからない」と、呟《つぶや》くような小さな声で答えた。「そのときは、俺も相当酔ってたから、記憶がないんだ」

「その女の名前は覚えてるか？」

「ステイシーだ」イーデンが頷いた。「ステイシー・ブラウン」

ペットボトルから採取した血液をリンダの死体と照合してみたが、DNA型は一致しなかった。吸血鬼イーデン・ダフの話は苦し紛れの嘘《うそ》ではなかったようだ。

ミキオたちは再度、オフィスのボードの前に集まった。

イーデンの証言を整理すると、インターネット上のオカルトサイトで吸血鬼マニアのステイシーと出会ったのが、今から一か月ほど前のこと。チャットを続け、イーデンが本物の吸血鬼であることを打ち明けたところ、ステイシーは彼に会いたがったそうだ。彼女は「吸血鬼に血を吸われた人間は吸血鬼になってしまう」というフィクションの定説を信じていたらしく、イーデンに自分の血を吸うよう懇願した。

「吸血鬼になりたい少女、か」モリスが呟くように言った。「まるでマシュー・ハードマンだな」

「誰です？」

「イギリスの殺人犯だよ」

答えたのはティモシーだった。

「ハードマンは、幼い頃に父を亡くしたことがきっかけで、死に対する強迫観念に駆られるようになったんだ。眠れなくなるほどの死の恐怖に苛《さいな》まれていた彼は、吸血鬼になれば死なないという妄想に取り憑《つ》かれてしまってね。吸血鬼に関する映画や小説に没頭した結果、なぜかドイツ人が全員吸血鬼であるという暴論に囚《とら》われて、同じ学校に通うドイツ人留学生に『自分の首を噛《か》んで吸血鬼にしてくれ』と頼み込んだんだ」

まさに、ステイシーと同じように。

心を病んだ人間はなにを仕出かすかわからないな、とミキオはぞっとした。

「その目論見《もくろみ》は失敗に終わったが、その後、ハードマンは別の女性を襲った」モリスが続ける。「その女性の血を啜《すす》り、心臓を食べた。そうすることで吸血鬼になれると、本気で信じていたらしい」

ハードマンの知識はどれも誤りだった。ドイツ人が皆、吸血鬼だというのは荒唐無稽な話である。だが、ステイシーが目を付けたイーデンは、正真正銘の吸血鬼だ。彼は生き血の誘惑に抗《あらが》えず、ステイシーの願望通りに血を吸ってしまった。

ところが、血を吸われるだけではなにも起こらない。いつまで経っても吸血鬼にならない体を不審に思い、ステイシーは再びイーデンに会いに行った。部屋に押しかけてきた彼女に、イーデンは驚いた。彼女が大量の血液が入ったペットボトルを持ってきたからだ。自分の血を少しずつ抜いて容器に保存していたらしく、ステイシーは「吸血鬼になる方法を教えてくれたら、この血を渡す」と交渉してきたのだという。そのとき、イーデンはバーで飲み歩いた帰りだったため、酔いが回り、意識が朦朧《もうろう》としていた。自分が彼女にどう答えたのかも、どんなやり取りをしたのかも覚えていないという。ただ、そのペットボトルを受け取ったことだけは確かだった。

「それって結局、イーデンは吸血鬼になる方法を教えちまったってことだよな？」

吸血鬼になる方法──つまりは互いの血液の交換だ。

ミキオの言葉に、ティモシーは苦い顔で頷《うなず》く。「あのペットボトルを受け取ったということは、自分の血をステイシーに分け与えてしまったと考えるのが妥当だろうね。話を聞く限り、ステイシーが目的を果たさずに引き下がるような人間だとは思えない。イーデンはすでに彼女の血を飲んでいるから、あとはステイシーが彼の血を飲めば、儀式は成立してしまう」

今頃ステイシーは人間ではなく、吸血鬼になり変わっているはずだ。

「人間だったステイシーは、この街の吸血鬼の掟《おきて》を知らない。ファーザーのことも、血液配給の存在も。だから、食料を得るには自分で狩るしかないんだ。彼女はいずれ飢えに耐えきれず、やみくもに人を襲うようになるだろう。早く捕獲しないと」

「厄介な吸血鬼が二匹か」ミキオは唸《うな》った。

リンダを殺した犯人と、吸血鬼マニアのステイシー。どちらも早く捕まえなければ。

すると、

「二匹、か……」ティモシーが呟くように言った。「……もしかしたら、一匹かもしれないな」

ステイシー・ブラウンの身元を調べたところ、市内の大学に通う学生であることが判明した。進学を機に親元を離れ、ネバダからニューヨークに移り住み、現在はダウンタウンの学生寮に住んでいるとのことだ。

ミキオとティモシーはさっそく大学の寮を訪れた。ステイシーは一週間ほど前から外泊が続いているようで、ここ最近彼女の姿を見かけた寮生はいないという。大学の授業もずっと欠席だ。

許可を得て、ステイシーの部屋に足を踏み入れた途端、

「……これはすごいな」

その光景に、ミキオはぎょっとした。

まず目に飛び込んできたのは、部屋の真ん中に陣取っている黒い棺桶《かんおけ》だった。ベッドは見当たらないので、ステイシーはいつも棺《ひつぎ》の中で眠っていたのだろう。吸血鬼に憧れているという話は事実らしい。

「筋金入りの吸血鬼マニアだな」ミキオは呆《あき》れと感心の入り混じった声色で呟いた。

「憧れの存在と同じような生活を送りたかったんだろうけど」ティモシーは苦笑を浮かべている。「棺で眠る吸血鬼なんて、もう百年以上前の話だ。今時みんなベッドで寝てる」

部屋の窓は黒い遮光カーテンで覆われている。太陽光を完全に遮るためだろう。本棚にはありとあらゆるオカルト関係の本が並んでいて、特に吸血鬼に関するものが多い。他にも、吸血鬼を題材とした映画やドラマのDVDまでぎっしりと収納されていた。

「バフィー、ヴァンパイア・ダイアリーズ、トワイライト、トゥルーブラッド――」タイトルを読み上げながら、ティモシーが唸る。「見事に吸血鬼の作品ばかりだね。これはたしかにハードマンの再来だ」

部屋の壁には吸血鬼役の俳優のポスターが貼られている。さらに、よくわからない魔法陣のような図形があちこちに落書きされていた。オカルトな事象にかなり傾倒していたことが窺《うかが》えるが、ここまでくるとカルト染みていてぞっとしてしまう。

「吸血鬼のなにがそんなにいいんだ？　蚊と同じようなもんじゃないか」

人間の血を吸う化け物のどこに魅力があるというのだろうか。まったくもって理解できない。ミキオは眉間に皺《しわ》を寄せた。

「人はどうしても悪に心を惹《ひ》かれてしまうものなのさ。殺人鬼や死刑囚に心酔する者も多いだろう？　かのチャールズ・マンソンもそうだ。世界中のマニアがあのイカれた教祖に夢中になった。八十歳のジジイのくせに、二十六歳の美女と獄中で婚約できるほどの人気ぶりだったが、連中にはどこか人間を引きつけるカリスマ性があるんだろうね。この私だって、収監中はたくさんファンレターをもらったよ」

「……ますます理解できない」

「理解できないのは、君の精神が健全だからだ。喜ばしいことじゃないか」

ステイシーには友人がいなかったのだろうか。孤独を埋めるために妄想の世界に閉じこもっていたのだろうか。そんな考えも過《よぎ》ったが、どうやら彼女はそこまで孤立していたわけではなさそうだ。机の上の写真立てに視線を向ける。まるでハロウィンのように全員が怪物の仮装をしていて、その中に吸血鬼の衣装を着たステイシーが笑顔で写っていた。同じような趣味をもつ仲間との交流を楽しんでいたようだ。どれもオカルト系のサークルの集まりのようだが、ふと、その中に覚えのある顔を見つけた。

「おい、これ見ろよ」ミキオは写真の中で微笑《ほほえ》む赤毛の少女を指差した。「リンダだ」

リンダ・ブレイン――例の事件の被害者だ。

「ステイシーとリンダは顔見知りだったんだね」

「吸血鬼になったステイシーが、リンダを殺したのか？」

ミキオは腕を組み、ステイシーの犯行を想像した。怪物となった彼女は我を忘れ、リンダの血を吸い尽くし、バラバラに切断して死体を遺棄したのだろうか。

部屋を見渡しながらティモシーが言う。「もしかしたら、ステイシーは今頃、別邸に潜んでいるかもしれない」

「別邸？」

「吸血鬼としての隠れ家だよ。ここにはもう帰ってこないな」

スティシーはこの部屋を捨て、今は別の場所で暮らしている、とティモシーは考えたようだ。

「どうしてそう思う？」

「ここじゃ落ち着いて食事ができないだろう。スティシーは新居に引っ越し、誰にも邪魔されずに吸血鬼ライフを満喫しているのさ」

この部屋になにか手掛かりが残されていないだろうか。ミキオはとりあえず、机の上にあるパソコンの電源を入れてみた。初っ端《しょぱな》にパスワードを求められてしまい、頭を悩ませていると、ティモシーが告げた。「パスワードは、《Edward》じゃないかな」

言われた通りに入力したところ、ロックはすんなり解除された。

「なんでわかった？」

「『トワイライト』に登場する吸血鬼の名前だ。壁にポスターが貼ってあるから、お気に入りなんだろうと思って」

さっそく中身を開き、情報を探る。

「パソコンのデータに、彼女の行方のヒントが残されていればいいが……」ティモシーが画面を覗《のぞ》き込む。

画像データ、メールの送受信履歴、SNSの書き込みなど、パソコンに残された情報を一通り洗い出してはみたが、手掛かりになりそうなものは見当たらなかった。

「お手上げだな」

と、ミキオが肩をすくめると、

「いや、そうでもないさ」

ティモシーが得意げに口角を上げた。ウェブサイトの検索履歴を眺めながら、

「どうやら寝床も新調したようだ」

と、画面を指差す。

閲覧履歴の中に、棺の通販サイトがあった。

「そうか、棺桶か」

さすがに棺をここから持ち出し、新居まで運ぶわけにはいかなかったのだろう。これでステイシーの居場所がわかるかもしれない。ミキオはサイトを開き、そこに記載されている番号に電話をかけた。

会社に最近の注文を確認したところ、一週間ほど前に5・3フィートの女性の棺の依頼を受け、ニューヨーク市内に配送していたことが判明した。

配送先の住所を聞き出し、さっそく現場へと向かう。そこは、イーストヴィレッジの路地にある、すでに廃業したライブハウスだった。

「スティシーは、どうしてライブハウスを隠れ家に選んだんだ？」

「さあね」ミキオの疑問に、ティモシーは適当に答えた。「吸血鬼レスタトがロックスターだったから、とか？」

「誰だ、それ」

首を捻《ひね》るミキオを無視し、ティモシーは呟《つぶや》いた。「彼女も、そのうち自伝を書きはじめるかもしれないな」

入口の鍵は壊されていて、何者かが侵入した形跡が残っている。ティモシーの先導で中に足を踏み入れると、

「あれは――」

暗がりの中、最初に目に飛び込んできたものは、倒れている若い女だった。

「なんてことだ」

ぐったりしている女に駆け寄り、ティモシーが眉根を寄せた。

青白い顔をしたその女は手足を縛られ、口はダクトテープで塞がれている。その首筋には針が刺さり、そこから細い透明の管が伸びていた。彼女の動脈を流れる血液はその中を通り、管の先にある空の容器へと滴り落ちていく。

「駄目だ、もう息がない」脈を確認したティモシーが首を左右に振った。「血を絞り取られたようだ」

遅かったか、とミキオは顔をしかめた。「二人目の犠牲者か」

「この顔、写真に写っていたな」女の首から針を抜きながら、ティモシーが言った。

たしかに、死体の顔には見覚えがある。

「彼女もおそらく、ステイシーと同じオカルトサークルの仲間だ」

イーデンの血を摂取して吸血鬼と化したステイシーが、食料にするためにサークルの仲間を誘い出し、襲ったのだろう。

「それで、肝心の吸血鬼はどこだ」

ミキオは辺りを見渡した。薄暗いステージの中央に黒い塊がある。――棺桶だ。吸血鬼は今、あの中で眠っているはずだ。

ミキオはリボルバーを手に取った。ファーザーに託されたものだ。銃を構えたまま棺に近付き、手を伸ばしたその瞬間──突然、勢いよく蓋が外れ、中から人影が飛び出してきた。

──ステイシーだ。

ブルネットの髪の毛を振り乱し、奇声をあげながら、ステイシーはミキオの体を思い切り突き飛ばした。被害者の血を飲んだばかりなのか、口元が血に塗《まみ》れている。色艶を失ったその青白い顔は、あの写真の中で楽しげに笑っていた彼女からは程遠いものだった。

怪物と成り果てたステイシーは棺桶から這《は》い出《で》ると、すぐさまステージを降り、出口に向かって逃げ出そうとした。

ミキオは態勢を立て直し、

「止まれ！」

銃口をステイシーの背中に向けた。

「銀の銃弾が入ってる。撃たれたらどうなるか、わかるよな？」

その一言に、ステイシーの動きはぴたりと止まった。ミキオとティモシーの顔を交互に睨《にら》みつけている。

しんと静まり返った部屋の中、

「ミキオ」

最初に口を開いたのは、ティモシーだった。

「できれば撃つな。撃つとしても、急所は外してくれ」

「どうして」ミキオは眉をひそめた。「どこを撃ったって、別に死にゃしないだろ」

吸血鬼は、どうせ拳銃では殺せはしないのだ。だったら、数発撃って動きを止めた方が手っ取り早く捕まえられる。

ところが、

「いや、死ぬ」ティモシーが鋭い声色で否定する。「彼女は人間だ」

人間――その一言に、どういうことだ、とミキオは眉をひそめた。

「……こいつが、人間だと？」

「そうだ。スティシー・ブラウンは吸血鬼でもなんでもない、ただの人間だ」ティモシーは目を細めた。「この私にはわかる」

だとすると、人間が人間を殺し、その血を飲んでいたということになる。

ティモシーのその言葉には、スティシー本人も驚いていた。目を大きく見開いてティモシーを見つめている。自分は吸血鬼になったはずだ、どうして人間のままなんだ――彼女の瞳には、そんな戸惑いや驚きの感情が色濃く映し出されていた。

「イーデンが彼女に渡したのは、自分の血ではなく、おそらく配給で渡された血液の残りだったんだろう。つまり、彼女が飲んだのは、ただの人間の血。イーデンは泥酔していても、最後の掟《おきて》だけは破らなかったんだ。さすが、ファーザーのしつけは行き届いているな」

だとすると、ひとつの疑問が残る。

「だったら、どうして」

吸血鬼でないのなら、血を吸う必要はない。人間であるにもかかわらず、どうしてステイシーは人の血を欲しているのか。

「精神を病んでいるからさ」

その疑問に、ティモシーが淡々と答えた。

「彼女の部屋を捜索したとき、精神科で処方された薬を見つけた。おそらく、妄想性の疾患だろう。単なる憧れでは留《とど》まらなかったんだ。まるでウェンディゴ症候群のように、彼女は自分自身を吸血鬼だと思い込み、血を欲してしまうようになった。『サクラメントの吸血鬼』と呼ばれたリチャード・チェイスだって、血を飲まなければ生きていけないと信じ込んでいた」

愕然《がくぜん》とするステイシーに、ティモシーが追い打ちをかける。

「紛《まが》い物《もの》の吸血鬼には行きずりの人間を狩る力はない。そこで君は、サークルの友人に声をかけて誘い出した。油断している相手を襲い、拘束して血を抜き取ることにした。リンダの首筋の傷は吸血鬼の噛《か》み痕ではなく、ただの注射針の痕だったというわけさ。君には牙がないから、噛みついても血は吸えない。スティシー・ブラウンは吸血鬼なんかじゃない。ただのオカルトマニアのシリアルキラーだ」

「……違う！」

スティシーが叫んだ。叶《かな》ったはずの積年の願望を握り潰され、沸き出す怒りに顔を紅潮させている。

その血走った目を見て、ミキオも悟った。

――完全にイカれてやがる。

焦点が合っていない。ティモシーを睨んでいるようで、どこか違うものを見ている。そんな気さえした。彼女はもう、取り返しのつかないところにいる。まるで獣のように歯を剝《む》き出《だ》し、顔を醜く歪《ゆが》める女を前にして、ミキオは構えた銃を下ろすことができなかった。

スティシーが耳障りな甲高い声で叫ぶ。「私は吸血鬼よ！　本物の吸血鬼なの！」

彼女はティモシーの言葉を強く拒絶した。人間であることを頑《かたく》なに認めようとはしなかった。

「いや、君は人間だ」

ティモシーは涼しい顔で彼女を見据え、容赦なく現実を突きつける。

「私は人間を愛している。だが、ひとつだけ嫌いなところがある。快楽や愉悦、自己満足のためだけに、同族同士で無益な殺生をするところだ」

「うるさい！」ステイシーが唸《うな》る。「お前も殺してやる！」

「ほう」

ティモシーはにやりと笑い、小首を傾《かし》げた。

「紛い物の君に、はたして私が狩れるかな」

安い挑発に煽《あお》られ、ステイシーが動いた。ティモシーめがけて突進する。口を大きく開けて歯を剝き出し、彼の首元に嚙みつこうとしている。

ティモシーは少しも動揺を見せなかった。ただ冷めた目で、向かってくる女を見据えている。そして、迫りくる女の顔を、大きな掌《てのひら》で覆うように摑《つか》んだ。片手で彼女の体を軽々と持ち上げると、そのまま地面に叩《たた》きつけてしまった。

決着は一瞬だった。ステイシーの細い体が大きく撓《しな》り、くぐもった悲鳴があがる。

「君がどうしてそこまで吸血鬼に傾倒するのか、その理由は知らない。両親に虐待されて育ったのか、学校で友人にいじめられていたのか——なにか辛《つら》い過去があって、そんな現実から逃避するための空想の世界が、君の心には必要だったのかもしれない。それは仕方がないことだし、同情する。だけどね――」

ティモシーが低い声で告げる。

「我々の世界だって、そう甘くはないぞ」

ステイシーは力なく手足を投げ出したまま、ぴくりともしなかった。まさか死んでないだろうな、とミキオは眉をひそめて駆け寄る。

「急所を外せって言ったのは、どこの誰だよ」

嫌味をこぼしながら脈を確認したところ、ステイシーは生きていた。気絶しているだけのようだ。

「すまない、ついかっとなってしまってね。でも、大丈夫。加減はした」

という悪びれもしないティモシーの言葉に、ため息をつきたくなる。気絶させるほどの強さで叩きつけておいて、これのどこが加減なんだ。いくら相手が殺人犯とはいえ、やりすぎだ。

ステイシーに手錠を掛けて身柄を拘束したところで、ミキオは市警に連絡を入れた。すぐに数台の警察車両と救急車が到着し、容疑者と死体を運び出した。今回はノンヒューマンの仕業ではなかったので、このまま通常の殺人事件として処理されるだろう。ＥＡＴとしての仕事はここまでだ。

「……もしかしたら」

ステイシーを連行する車両を眺めながら、ミキオは口を開いた。

「もしかしたら彼女は、人間である自分が人間の血を欲することに、心のどこかで罪悪感を覚えていたんじゃないか」

　想像に過ぎないが、なんとなくそんな気がした。妄想と現実のギャップを埋めたくて、妄想を現実にしてしまおうと考えたのではないかと。

　本物の吸血鬼になってしまえば、血を吸うのは当然のことだ。自分の中に潜む異常性に苦悩せずに済む。彼女の殺人衝動が大きくなるにつれて、吸血鬼への同一化にも拍車がかかってしまったのだろうか。

　しかしながら、殺人犯の心理分析は自分の役目ではない。EATの仕事はノンヒューマンによる事件を捜査することであって、人間の内面を暴くことではないのだ。

　――どちらが怪物だと言える？

　真理を問うティモシーの言葉が頭に蘇《よみがえ》る。

　ティモシーは彼女のことを人間だと言い切ったが、ミキオにはそうは思えなかった。血で汚れた口元に、血走った目。剝き出した歯。そしてなにより、目の前の相手に向ける強烈な殺意――吸血鬼化は免れたものの、彼女は人を襲う怪物そのものだった。

人間と怪物の境界なんて、もしかしたら自分が考えているよりもずっと曖昧なものに過ぎないのかもしれない。

なぜ彼女は壊れたのか。なにが彼女を狂わせたのか。その原因を探りたくなるのは、認めたくないせいだろう。人間でありながら、怪物のように人を殺す者の存在を。人間は案外簡単に境界を踏み越えてしまうものだという事実を。もしステイシーと同じような人生を送っていたら、自分もあんな風に堕《お》ちていたのだろうかと、自問せずにはいられなかった。

人間相手は駄目だな、とミキオは自嘲した。つい余計なことまで考えてしまう。「怪物を相手にしてる方が楽だ」

ミキオの呟《つぶや》きに、「同感だよ」とティモシーが頷《うなず》く。

そんな彼を横目で見遣《みや》り、

「なあ」

ミキオは声をかけた。

ひとつ、気になっていることがある。

「どうして、ステイシーが隠れ家をもっているとわかったんだ？」

あの部屋を調べた際、ティモシーは彼女が別の場所で食事をしていることを早々に見抜いていた。なにを根拠にそう推理したのか、知りたかった。

ミキオの質問に、ティモシーはばつの悪い表情に変わった。

「……実は、私も隠れ家をもっているんだ。自宅の3ブロック先に、もうひとつ部屋を借りている」

同じ立場だからこそ気付くことができた、とティモシーは言う。

唐突な告白に、ミキオは驚いた。「なんでわざわざ、そんなことを」

「君が嫌がるからさ」

ミキオの目を見つめ、ティモシーが薄く笑う。

「君は、私が人を食べることを軽蔑しているだろう？　だから、君の前で食事をしなくていいように、別の部屋を借りたんだ。人肉のデリバリーも、今はそこに送ってもらっている」

ミキオは目を丸めた。たしかに、自分は人肉を食べる怪物を悍《おぞ》ましく思っている。考えるだけで吐き気を催してしまう。

そういうことだったのか、とようやく腑《ふ》に落ちた。だからこの怪物は夜中に出掛けていたのか。ミキオのいる自宅ではなく、別の場所で食事を済ませるために。

「どうして隠してたんだよ。それならそうと、正直に言えばいいだろ」つい責めるような口調になってしまった。

「君に、私の食事を想像させたくなかった」

ルームメイトの機嫌を損ねないよう、怪物なりに気を遣っていたのだろうか。そんな健気《けなげ》な一面を持ち合わせているとは思わなかった。意外と繊細な男だとモリスは言っていたが、この怪物も人に嫌われて傷つくことがあるのかと、驚かざるを得ない。

バリケードテープで囲まれる現場を尻目に、ミキオたちも車に乗り込んだ。あとはオフィスに戻り、上司のモリスに報告するのみである。これで一件落着、と言いたいところだが、ある男の存在がふと頭を過《よぎ》った。

「……そういえば、もうひとりいたな」

すっかり忘れていた。

ファーザーの話では、血液配給から足が遠のいている吸血鬼は、もう一体いたはずだ。どうやらティモシーも同じことを考えたようだ。「ゲイル・オーウェン」と、助手席で小さく名前を呟く。

「もし彼が今回のイーデンのような失態を犯せば、新たな吸血鬼が生まれ、何らかの事件が起こらないとも限らない。念のため、ゲイルが配給に来ない理由も調べておいた方がよさそうだね」

というティモシーの提案には、ミキオも賛成だった。

ハンドルを切り、オフィスと逆方向へ進む。ファーザーの話では、ゲイル・オーウェンはアッパーイーストのアパートメントに住んでいるという。自宅のドアをどれだけ激しくノックしても応答がなかったが、代わりに隣の部屋の住人が出てきた。

「うるせえなぁ」肌着姿の中年の男が、頭を掻《か》きながら不機嫌そうに言う。「近所迷惑だろうが」

「これは失礼」と、ティモシーが笑みを向けた。

すると、

「その部屋の男なら、しばらく帰ってきてないぜ」

と、男は言った。

「それは確かですか」

「ああ。このアパート、壁が薄いから隣の物音がよく聞こえんだよ」

隣人の話によると、二週間ほど前から生活音を聞かなくなったという。ドアに尖《とが》った耳を当て、「たしかに、誰もいないようだ」とティモシーが呟いた。

「二週間前なら、ファーザーの証言とも時期が一致するな」

ティモシーは「確かめよう」と言うや否や、思い切りドアを蹴破ってしまった。

「おい」と声をかけたときにはもう遅かった。鍵が壊れ、扉が勢いよく開く。修理代はFBIに請求してもらうか、とミキオはため息をついた。

遠慮なく中に立ち入り、

「やはり誰もいないようだ」

と、ティモシーが辺りを見渡しながら言った。

「引っ越したわけではなさそうだな」

ゲイルの部屋は整然としているが、彼の私物は残ったままだった。唯一の家電製品である冷蔵庫を開けると、中には血液パックが入っていた。透明なパックの中身はまだ三分の一ほど残っている。ラベルには三週間前の日付と、覚えのある教会の名前が記入されていた。

「ファーザーの血液配給か」

呟いたそのとき、背後でティモシーが声をあげた。「ミキオ、これを見てくれ」

ティモシーが手にしていたのは、一枚の名刺だった。

「テーブルの上に置いてあった」

「……アイク・サイエンシズ？」

名刺には製薬会社の社名と、その会社の社員の名前が記載されている。

「アイクなんて会社、聞いたことが――」

言いかけたところで、いや、と思い直す。この社名、どこかで見た気がする。ミキオはじっと名刺を見つめ、ふと、あることに気付いた。「……この住所」

「どうした」

名刺に書かれている会社の所在地には、見覚えがあった。

「あの化け物が暴れていた倉庫だ」

特殊部隊の隊員たちが無残に殺された例の事件――あの日、緊急の出動要請を受けて駆けつけたのは、まさにこれと同じ住所だった。間違いない。倉庫の壁に記された社名はたしか、『アイク・サイエンシズ』だったはず。

「つまり、君たちを襲ったノンヒューマンが暴れた場所と、吸血鬼であるゲイル・オーウェンに接触した製薬会社の住所が同じだということか」ティモシーがにやりと笑う。「偶然とは思えないな」

ミキオも頷いた。この会社には、なにか裏がありそうだ。「行くぞ」

アイク・サイエンシズの所在地はハドソン川沿いにある倉庫だった。目的地が近付くにつれて見覚えのある景色が広がり、あの忌々しい記憶が鮮明に蘇ってくる。たしかにあの日も、部隊の仲間とともにこの道を通った。

ミキオとティモシーが到着したときには、ちょうど紺色のつなぎを着たガードマン風の男が建物の中に入っていくところだった。

男の死角に隠れ、

「ミキオ、見たかい？　今の男」

と、ティモシーが囁《ささや》く。

「ああ」ミキオは頷いた。「ライフルに拳銃に防弾ベスト……製薬会社の警備員にしてはやけに重装備だな」

「この会社が造っているのは、ただの薬じゃなさそうだ」

「ゾンビ化するウイルスかもな」

ミキオの軽口に、「またそれか」とティモシーが笑う。

「人間は本当にゾンビ映画が好きだな。理解に苦しむよ」

「どうして」

面白いのに、とミキオが反論すると、ティモシーは鼻の穴を膨らませた。

「腐った人間が嚙《か》みついてくるだけの話の、どこが面白いんだ？　ハリウッドはそろそろウェンディゴ映画を作るべきだね。我々の方が映像的に映える」

「そんなマイナーな怪物の映画、誰が見るんだよ」

「マイナーとは失礼だな。我々はゾンビより圧倒的に歴史が長いんだぞ」

シャッターの隙間を潜《くぐ》り、ミキオたちも倉庫の中へと足を踏み入れた。その途端、デジャヴのようなものを感じた。やはり以前、自分はここに来たことがあるようだ。ミキオは確信を強めた。間違いない、この場所だ。あの日、ミキオはこの倉庫にいた。記憶が徐々に蘇《よみがえ》りつつある。

「主演のウェンディゴ役はジョニー・デップがいいと思わないかい?」

「まだその話してんのか」

「私は彼の『スウィーニー・トッド』が好きでね。あのミートパイは実に美味《おい》しそうだった。私も作ってみようかな」

「あの映画はそういう趣旨じゃないだろ……」

倉庫の中にはいくつかのコンテナが並んでいて、その奥には地下への入り口がある。守衛の男は暗証番号を入力して扉を開け、下へと潜っていった。

守衛が姿を消したところで、ミキオたちも入り口に近付いた。地面に埋まっている取っ手を摑《つか》んで開くとパネルが現れ、そこには0から9までの数字のボタンがあった。中に入ろうにも番号がわからない。くそ、とミキオは舌打ちした。こんなことなら、あのガードマンを捕まえ、銃で脅して鍵を開けさせるべきだったか。

ところが、ティモシーは「任せてくれ」と胸を張った。黒い爪の生えた指先で迷いなくボタンを押していく。ピッ、ピッ、と入力音がテンポよく鳴り続け、八桁の数字を入力すると、ドアの鍵は素直に開いた。

「どうして番号がわかるんだ？」

目を剝《む》くミキオに、ティモシーは得意げに答えた。「音だよ。守衛がロックを解除するときに、ボタンの音が聞こえたんだ。数字によって微妙に音程が違うから、聞き分けるのは簡単さ」

「便利な体質だな、怪物ってのは」

「さて、行こうか」

扉を開けると、その先には地下への階段が続いていた。蛍光灯に照らされたほの暗い通路を、息をひそめて進んでいく。

そのときだった。前を歩いていたティモシーが突然、呻《うめ》き声《ごえ》をあげた。どこからか、なにかが勢いよく飛んできて、彼の首筋に突き刺さった。

ティモシーは銃が通用しない体質だ。それなのに、彼は苦しげに顔をしかめ、その場に倒れ込んでしまった。

「おい、ティモシー！」

叫んだ直後、後頭部に衝撃が走った。どうやら待ち伏せされていたらしい。何者かに背後から殴られ、ミキオは意識を手放した。

5　あるいは現代の

男の声が、意識の遠くで聞こえる。

「――オ……、キオ！」

「ミキオ！」

名前を呼ばれながら、体を揺さぶられている。はっと目を開けると、シルバーグレイの頭が視界に飛び込んできた。ティモシーが「よかった、気が付いたか」と安堵《あんど》の息を吐いている。

「なんだ、ここは……」

ミキオはぼんやりとした頭で周囲を見渡した。

まるで刑務所の独房のようだ。広さと高さはあるが、窓一つない灰色の壁に四方を囲まれており、いやな圧迫感がある。ベッドや椅子などは一切置かれていない。ひんやりとしたコンクリートの床の上に、ミキオは大の字になって倒れていた。

「見ての通り、監房だろう」壁にもたれかかりながら、ティモシーが一笑した。「懐かしい気分だ。死刑囚だった頃を思い出すよ」

思い出に浸っている場合ではない。「いったい何なんだ、ここは」とミキオは顔をしかめた。

さあね、とティモシーは肩をすくめる。

「どうやら私は強力な麻酔銃で眠らされていたようでね。目が覚めたときには、すでにこの中にいた。君の方は？」

自分も同じようなものだ。「殴られたことまでは覚えてる」

未《いま》だに後頭部がズキズキと痛む。何者かに襲われ、気絶させられ、ここに閉じ込められたようだが、どうやらその隙に携帯していた武器を没収されてしまったようだ。ミキオは丸腰だった。

――だが、いったい誰がこんなことを？

「アイクの連中の仕業か？」

「ただの製薬会社が、あそこまで武装したガードマンを雇っているはずがない。ＩＤから我々の正体は割れているだろうが、それでもこうして監禁したということは、余程知られたくない秘密があるらしいな」

「秘密って――」

そのとき、しっ、とティモシーが人差し指を唇に当てた。ミヤオは口を噤《つぐ》み、いったい何事だと視線だけで問いかけると、彼は小声で答えた。

「……どうやら我々以外にも、監禁されている者がいるようだ」

怪物であるこの男は聴覚が優れている。彼の耳は、人間には聞こえないような小さな音をも拾うことが可能だ。ティモシーは分厚い壁に視線を向け、「そうか、君も捕まっていたのか」と呟《つぶや》いた。外にいる誰かと話をしているらしい。

しばらく会話を交わしてから、

「奥の監房に、ゲイル・オーウェンがいる」

と、ティモシーは報告した。

ゲイル・オーウェン――例の吸血鬼だ。

「そうか、やっぱりここにいたのか」

「ああ。二週間前から捕まっていたそうだ。いろいろ教えてくれたよ。ここは連中の施設らしい」

「連中って？　製薬会社の？」

「いや、ＣＩＡだ」

意外な名前が飛び出し、ミキオは目を剝いた。「なんだって」

「ゲイルの話によると、ここは製薬会社を隠れ蓑《みの》にした、CIAが極秘で管理しているノンヒューマンの研究所だそうだ。ノンヒューマンを使って様々な実験を行っているそうだが、どうやら我々も、その実験用マウスの仲間入りをしてしまったようだね」

ティモシーが壁越しに訊《き》き出した話によると、ゲイル・オーウェンは二週間ほど前にアイク・サイエンシズの社員を名乗る女に声をかけられ、ノンヒューマン向けの治験のアルバイトを持ち掛けられたそうだ。渡された名刺の場所を訪れてみたところ、薬を飲んで眠らされ、気が付いたら監房の中に閉じ込められていた。そして、度々姿を見せる研究員の会話を盗み聞きしているうちに、ここが製薬会社の研究所ではなく、ノンヒューマンを使った実験を行うCIAの基地であるという情報を摑んだという。

こんな場所に拘束されていたら、ファーザーの配給に出席できないはずだ。ゲイル・オーウェンの事情は身をもってわかった。

「……ちょっと待てよ」気になることが多々ある。ミキオは眉間に皺《しわ》を寄せた。「お前はともかく、俺は人間だぞ。なんで俺まで捕まってるんだ」

ティモシーが顎に手を当て、神妙な顔で呟く。「もしかしたら、すでに実験ははじまっているのかもしれない」

「実験？　何の？」

「ウェンディゴが何日空腹に耐えられるか」

「おい、笑えない冗談はやめろ」

　笑い飛ばしたミキオに、ティモシーは真面目な顔で追い打ちをかけてくる。「あながち冗談でもないぞ。このまま監禁状態が続けば、私はどうなるかわからない。ああ、こんなことなら朝食を多めに食べておけばよかった」

今のミキオは猛獣と同じ檻《おり》に入れられている状態だ。ティモシーが空腹に耐えきれなくなれば、最悪の事態が起こることは目に見えている。

「ちなみに、私のファスティングの最長記録は十三日だ」

ティモシーは唐突に思い出話を語りはじめた。

「今から三百年ほど昔の話なんだが、船旅の最中に嵐に巻き込まれてしまってね。船は大破し、私はベンガル湾にあるひとつの島に流れ着いた。そこは世界から孤立した狩猟民族が住んでいる未開の地で、彼らはなんと、余所者《よそもの》の肉を食らう慣習をもつ食人族だったんだ。私はまるで狩りの獲物のように追いかけ回されたよ。助けが来るまで洞窟に身を隠していたんだが、十三日目でとうとう空腹に耐えきれなくなって、食人族のひとりを捕らえて食べたんだ。その十三日後、また空腹になり、私はもうひとり食べた。結局、なかなか助けが来なくて、その島に住んでいた食人部族は全滅した」

ティモシーの胃袋がひとつの民族を滅ぼしてしまったというわけだ。突然島に現れた怪物が、ひとりまたひとりと仲間を殺して食べていたのだから、食人族もさぞ恐れおののいたことだろう。どっちもどっちだとは思うが、嫌な昔話を聞いてしまったな、とミキオはうんざりした。

「当時は私も若かったから、食欲が旺盛だったんだ。今はそんなに食べられない。最長記録を更新する自信はあるよ」

「お前が人肉断食のギネス記録に挑戦する前に、ここから逃げ出すぞ」

ミキオはドアに歩み寄り、あらゆる手段を試してみた。しかし、扉は非常に頑丈で、叩《たた》こうが蹴ろうが、全体重を乗せて体当たりしようが、まったくどうにもならなかった。

眼前にどっしりと立ち塞がる鉄の塊に、

「くそ、無理か」

ミキオは苛立《いらだ》ち、舌打ちをこぼした。

すると、

「ここから出る方法はある」

と、ティモシーが口を開いた。

「どんな方法だ？」

「ドアを蹴破る」

なにを言ってるんだ、とミキオは眉をひそめた。ここは頑丈な牢獄《ろうごく》だ。ゲイル・オーウェンの住んでいた安アパートのようにはいかない。

「もうやってる」ミキオは何度もドアを蹴ってみせた。耳障りな音が響くだけだ。「びくともしない」

「人間の力では無理だろう。だが、ウェンディゴである私なら可能だ」

「……本当か？」

だったら早くそれを言え、と睨《にら》むミキオに、

「ただ、この方法はあまり使いたくないんだが……」

と、ティモシーは乗り気ではないようすを見せた。

「ウェンディゴの力を使うためには、擬態を解かなければならない」

擬態――怪物は特別な技で人の姿を真似《まね》ているのだと、前にティモシーは語っていた。

「つまり、お前が人間じゃなくなって、本来の姿に戻るってことか？」

「そういうこと」ティモシーは苦笑している。「恥ずかしながら、自分の容姿に自信がなくてね。醜い姿を晒《さら》したくないんだ」

なんだ、そんなことか。ミキオは拍子抜けした。怪物なんて、今まで何体も見てきた。血肉を貪るマナンガルに、全身が腐敗したタキシム。最初に対峙《たいじ》したあの化け物だってそうだ。いまさら怪物を見たところで、驚くほどのことではない。

「そんなこと言ってる場合か」ため息交じりに急《せ》かす。「いいから、さっさとやれ」

「……君がそう言うなら」

ティモシーは観念したようだ。丈の長いジャケットを脱ぎ捨てると、

「あとから苦情は受け付けないよ」

と、付け加えた。

次の瞬間、人の姿をしていた男が、みるみるうちに形を変えていった。上半身は大きく膨れ、肩幅の増した体が、身に着けていたシャツを木端微塵《こっぱみじん》に破いてしまった。まるで骨と筋肉と皮だけで構成されているかのような、無駄な脂肪のない体軀《たいく》が現れる。手足は異様なほどに伸び、穿《は》いていたスラックスの裾が寸足らずになっていた。四肢の先には、関節の目立つ長い指。その先には、いとも簡単に人肉を切り裂けそうな鋭い爪が生えている。

体だけではない。目の前の男は、人間とは程遠い面相をしていた。骸骨を思わせる頭部に、そこから生えるヘラジカのような大きな角。窪《くぼ》んだ眼《め》。剝《む》き出《だ》しになった牙。

——化け物だ。

ティモシー・ディモンの面影は、一切なかった。

「野蛮な姿ですまない」

面影どころか、声色まで違う。地響きにも似た重低音が、ミキオの鼓膜を震わせた。

7フィート近くはあるだろうその巨体で、

「君は下がっててくれ」

次の瞬間、ティモシーはドアを蹴った。厳重に施錠されていたにもかかわらず、怪物の一撃で分厚い鉄の扉は簡単に吹き飛んでしまった。勢い余って反対側の壁にめり込んでいるほどだ。人間とは比べ物にならないほどの力を持っているその怪物に、ミキオは目を剝くしかなかった。

——これが、ウェンディゴなのか。

人間なんて簡単に殺せるはずだ。怪物の真の姿に気圧《けお》されていると、ティモシーが口を開いた。「悍《おぞ》ましいかい?」

その質問に対し、ミキオはすぐに首を振ることができなかった。

「だから嫌だったんだ。君を怖がらせてしまうから」

擬態を解きたがらなかった理由が、ようやく理解できた。こんな姿を見せつけられては、今まで通りに接することなど難しいだろう。人の形をしたティモシーを前にしていても、どうしてもこの姿が頭を過《よぎ》ってしまうはずだ。

ミキオが言葉を失っていると、怪物は困ったように長い指で頭を掻《か》いた。

「……シャツ代は経費で落とせるかな？」

姿も声も変わってしまったが、中身はティモシー・デイモンのままらしい。恐ろしい見てくれをしていながらも軽口を叩くウェンディゴが、なんだか奇妙に思えた。

「残念だが、ウェンディゴ映画は企画倒れだな」

ミキオの言葉に、怪物が首を傾《かし》げる。「どうして？」

「全然怖くないからだ。その見た目じゃ、ホラーにならない」

ティモシーは笑った。

「行くぞ」と、ミキオは歩き出した。

監房を抜け出し、怪物を引き連れて先へと進む。通路の突き当たりに、非常階段へと通ずるドアを見つけた。どうやらここは地下二階らしい。階段に足をかけた瞬間、突如、けたたましい非常用のベルが鳴り響いた。「な、なんだ」と、ミキオは目を見張る。

「脱走に気付かれたか」ティモシーが声を潜めた。

数分後、緊急事態を知らせる警報が止まったかと思えば、今度は停電したかのように辺りが真っ暗になった。だが、それは一瞬のことで、すぐに非常灯の赤いランプが建物内を薄く照らし出した。

「ミキオ、気をつけろ」

階段をのぼり切り、ドアに手を伸ばしたところで、ティモシーが鋭い声を放った。

「血の匂いがする」

ウェンディゴは鼻が利く。緊急の警報に、今度は血の匂い。嫌な予感がする。ミキオは気を引き締め直し、音を立てないよう、しずかにドアを開けた。

「なんだ、これは――」

真っ先に目に飛び込んできたのは、死体だった。男が廊下に倒れている。制服と身に着けている武器からして、おそらく研究所の警備員だろうが、首から上がなかった。まるで握り潰されてしまったかのように、頭蓋骨が砕け、肉片や血液と混ざり合って辺りに散らばっている。

「なんてことだ……」地下一階のフロア一面に広がる惨状に、ティモシーが声を震わせて呟《つぶや》いた。

死体はそれだけではなかった。守衛の骸《むくろ》が長い廊下に点々と転がっている。ある者は内臓を踏み潰され、ある者は全身が焼け焦げていた。

「どう見ても人間の仕業じゃないな」ミキオは顔をしかめた。「怪物か」

「ああ。どうやら我々より先に脱走したノンヒューマンがいるようだ。先程の警報はそれを知らせていたんだろう」

だとしたら、丸腰のままではまずい。そのノンヒューマンと鉢合わせしてしまえば、守衛たちの二の舞になるだろう。ミキオはひとまず男の死体から拳銃を拝借し、さらに先へと歩を進めた。

廊下の途中に、ドアが見える。研究室のようだ。中に足を踏み入れると、そこにもまた地獄のような光景が広がっていた。研究員と思《おぼ》しき死体があちこちに散らばっている。白衣が真っ赤に染まり、中には男か女かすら判別できないほど死体が損壊しているものもあった。

「……ここもやられたのか」

呟いた瞬間、不意に呻《うめ》き声《ごえ》が聞こえてきた。

とっさに声のする方向へ体を翻し、ミキオはすばやく銃を構えた。――が、声の主は人間だった。部屋の奥に隠れている男が目に留まり、すぐに警戒を解く。

男は腹を裂かれ、内臓が一部飛び出しているが、辛《かろ》うじてまだ息があった。

「おい」ミキオは声をかけた。「誰にやられたんだ」

男の顔を覗《のぞ》き込む。目の焦点が合っていない。事切れるのも時間の問題だろう。

「おい、しっかりしろ！」

強く揺さぶると、男は譫言《うわごと》のように呟いた。「が……また、暴走を……」

「なんだって？」

「ナ……ナンバー、シ、ックスが……」

それだけを言い残し、男は目を剝いたまま動かなくなった。

――ナンバー6？　いったい何のことだ？

首を捻《ひね》っていると、

「どこかで見たことある顔だと思ったら」大きな体を屈《かが》めて死体を覗き込み、ティモシーが言う。「この男、UMAの研究者だ」

ミキオも思い出した。「それって、あの、精神病棟にぶち込まれたって奴か」

ノンヒューマンの存在を声高に唱えたために政府に目を付けられ、病院送りにされた者がいると、モリスから聞いていた。

「おそらくCIAと手を組んで、この研究所で働いていたんだろう」

「ナンバー6って、何のことだ？」

「これに書いてあるかも」

ティモシーは長い爪が光る指先で、男が握りしめていた紙を引き抜いた。

「実験の報告書のようだ」

紙に目を通し、「そういうことか」と呟く。

「ナンバー6というのは、どうやらある実験体の呼称らしい。この研究所では様々な実験が行われていたが、メインの計画は人造ノンヒューマンを作り出すことのようだ」

「人造ノンヒューマン？」

「ノンヒューマンに人間の脳を移植するんだ。そうすれば、多少はコントロールしやすくなる。命令に忠実な怪物兵器の完成だ」

ミキオは想像した。もし、ティモシーのような怪物ばかりを集めた精鋭部隊を作れたとしたら。既存の兵器が効かない相手には、どの国の軍隊も敵《かな》わないだろう。

「ノンヒューマンを自由自在に操ることができれば、この国の軍事力は格段に上がり、おまけに国防費も削減できる」

「……ちょっと待て。移植する人間の脳みそは、どっから持ってきたんだ？」

「考えたくない話だが、ＣＩＡがこの計画に加担していたならば、どこからでも人間の脳を入手できるはずだ。病院や刑務所……もしくは、マフィアと裏取引している可能性だって捨て切れない」

血塗《ちまみ》れの報告書を目で追いながら、ティモシーは言葉を続ける。

「これまで、この実験では五体の人造ノンヒューマンを生み出したが、どれも失敗に終わったようだ。移植後に拒絶反応が起こり、実験体は皆、息絶えてしまった。六体目が唯一の成功例らしい」

「それが、ナンバー6ってことか」

「ああ。だが、手放しでは喜べない成功のようだ。この資料によると、ナンバー6は時折言うことを聞かなくなるらしい。過去に一度、訓練中に暴走し、この研究所から脱走している。NYPDの特殊部隊が出動する騒ぎになったが、隊員は一名を除いて全員が死亡した」

その言葉に、ミキオははっとした。自分が所属していた部隊のことだ。

「その一名って、まさか——」

「ミキオ・ジェンキンス」

ようやくすべてが繋《つな》がった。

「ってことは、こいつらの創り出した怪物のせいで、俺たちは——」

同僚は皆、この研究所の産物によって殺された。やり場のない怒りを覚え、ミキオは奥歯を嚙《か》みしめた。

「そのナンバー6は、どんな怪物だ？」

「所謂《いわゆる》、キメラだね」

報告書を読みながら、ティモシーが答えた。

「様々なノンヒューマンの複合体らしい。頭部は火竜種《ドラゴン》。胴体はウェンディゴで、両手は巨人族。下半身は狼男《おおかみおとこ》」

ナンバー6がどんな姿をしているのか想像もつかないが、相当厄介な相手であることは確かだ。拳銃を握る手に力が入る。

「もしかしたら、君の夢に出てくるノンヒューマンが毎回姿を変えていたのは、キメラを暗示していたのかもしれないな」

ティモシーが告げた、そのときだった。不意に、遠くで数発の銃声が聞こえた。すぐに部屋を出て、急ぎ足で通路を進む。いくつかの部屋を通り過ぎたところで、覚えのある景色が見えてきた。ミキオたちが捕まった、あの通路だ。元の場所に戻ってきたようだ。

「この足跡……」

通路の床は血で濡《ぬ》れていて、犬の足跡のような赤い印が点々と続いている。

「ナンバー6の下半身は、狼男なんだよな?」

ということは、これはナンバー6のものに違いない。研究所の出入り口のドアは開いていて、その足跡は階段の先まで続いていた。

「二度目の脱走か」と、ティモシーがため息をつく。「面倒なことになった」

「早く止めないと。外に出したら大変なことになるぞ」

あの怪物と対峙《たいじ》したことがあるからこそ、被害の大きさは想像がつく。

ドアの先は倉庫に繋がっている。階段をのぼり、外に出たところで、またもや死体が現れた。黒いスーツ姿の女が血を流して倒れている。無残な姿だった。四肢がバラバラに散らばっている。体から引き千切られた右手には拳銃が握られていた。硝煙と生臭い血の匂いが辺り一帯に漂っている。

「……キャメロンだ」

死体の顔を覗き込み、ティモシーが呟いた。その女は、ミキオたちも知る人物——CIAのヴァネッサ・キャメロンだった。

「こいつも実験に関わっていたのか」

「CIAのエージェントをもってしても、ナンバー6を止めることはできなかったようだね」

ティモシーはゆっくりと向きを変え、倉庫の中央を見据えた。

そこには、一体の怪物が佇《たたず》んでいた。

その姿に、はっと息を呑《の》む。

「——あいつだ」

その瞬間、ミキオはすべてを思い出した。パズルの最後のピースが埋まり、失われていた記憶が完全に蘇《よみがえ》った。

「あの化け物が、俺たちを襲ったんだ」

全身に縫い傷を走らせた、継《つ》ぎ接《は》ぎの巨大な怪物——頭は蜥蜴《とかげ》のようだが、胴体はティモシーと同様、無駄な脂肪がそぎ落とされ、筋肉と肋骨《ろっこつ》が浮き出た体つきをしている。そこから伸びる二本の腕はまた別物で、まるで丸太のように太く、強靱《きょうじん》だ。下半身は白銀の毛に覆われており、先端は犬の後ろ脚のようだった。よく見れば、怪物の右目は潰れている。ミキオがナイフで突き刺した傷が残っていた。

アンバランスで、醜いその怪物のいで立ちに、ミキオは寒気を覚えた。記憶が鮮明に蘇ると同時に事件のトラウマが引き起こされ、体が震えはじめた。

なんとか自身を奮い立たせようと、ミキオは小刻みに震える唇を開く。「ティモシー、お前はもっと自分の容姿に自信をもっていい」

「それは皮肉？　それとも嫌味？」

　恐ろしい怪物を前にしても軽口を叩《たた》くティモシーに、ざわついていた心が少しだけ落ち着く。「褒めてるんだよ」

「そうか、よかった。ありがとう」

　骸骨のような顔が、にやりと笑う。

「私も自分が美しいという自負はないが、それにしてもあれは最悪だと思うな。美的センスの欠片《かけら》もない。そもそも新しい種族を人工的に創り出そうなんて、神聖な生命への冒瀆《ぼうとく》だ」

　それに、と低い声で続ける。

「同胞たちをこんな玩具にされては、さすがの私も我慢ならない」憤りを滲《にじ》ませた瞳で、怪物が怪物を睨《にら》みつける。「今すぐ、楽にしてやろう」

　ティモシーはナンバー6を始末する気でいる。それが唯一、自分にしてやれることだと考えているのだろう。だが、そう簡単にはいかないはずだ。

「気をつけろ、あいつの強さは尋常じゃない」

　マナナンガルやタキシムとは比べ物にならない。特殊部隊が十人がかりでも手も足も出なかったのだから。ミキオは忠告したが、ティモシーは無言を貫いていた。

その直後、ナンバー6は殺気立つティモシーに気付き、こちらに向き直った。シャァア、と威嚇する獣のような声をあげている。今にもこちらに襲い掛かってきそうだ。

ミキオは銃を構えようとしたが、過去に殺されかけた怪物に睨まれた途端、まるで金縛りにあったかのように体が動かなくなった。蘇った記憶が、自分の不甲斐《ふがい》なさを——人間の無力さを知らしめてくる。

くそ、と舌打ちをこぼすと、

「安心しろ、ミキオ」

ティモシーが前を見据えたまま告げた。

「今回は、私がいる」

その一言に、ミキオははっと息を呑んだ。

そうだ、あのときとは違う。二対一と味方の数は少ないが、隣には怪物がいるのだ。肩甲骨や背骨がくっきりと浮き出た恐ろしい後ろ姿をしていても、やはりこの男の背中は頼もしく見える。不思議と震えが止まり、腕が動いた。

次の瞬間、ナンバー6が吠《ほ》えた。恐竜のような鳴き声だった。とっさに身構えると、ウエンディゴの細長い腕がミキオの腰に巻き付いた。

「ミキオ、危ない！」

間一髪だった。ティモシーはミキオを抱え上げ、高く飛び上がり、攻撃を避けた。ミキオたちが立っていた場所が炎に包まれている。キメラの口から吐き出されたものだ。

「頭は火竜だからね。口から火を噴く。気をつけろ」

「……助かった」

危うく黒焦げになるところだった。廊下に倒れていた、あの警備員の死体のように。

距離を取っていても安心できない。ナンバー6は遠距離攻撃も可能だ。次から次へと炎を繰り出してくる。ミキオを抱きかかえたまま、ティモシーはすばやい動きで攻撃を躱《かわ》し続けた。

「火か」ウェンディゴの顔が苦々しく歪《ゆが》む。「私にとっては、相性の悪い相手だな」

とはいえ、このまま逃げ続けるだけでは埒《らち》が明かない。なんとか攻撃に転じなければ。ティモシー自身もそれをわかっているようで、

「いいかい、ミキオ」

と、小声で作戦を告げる。

「ナンバー6はキメラだ。つまり、それぞれの生物のいいとこ取りをしている」

ミキオは頷《うなず》いた。「そうらしいな」

頭部は火竜種、火を噴いて攻撃してくる。体はウェンディゴなのでティモシーのように

銃弾の類は効かない。巨人族から受け継いだ両腕は、人の体を素手で引き千切れるほどの腕力をもっている。そして、大きな図体《ずうたい》の割に動きが俊敏なのは、人狼《じんろう》である下半身のおかげだろう。まさにいいとこ取りだ。

「だからといって、勝ち目がないわけじゃない。いくらノンヒューマンを継ぎ接ぎしたところで、心臓はひとつだけだ。当然、それは胴体の中にある」

「ナンバー6の胴体は、ウェンディゴだ」

「そう」と、炎を避け続けながらティモシーは口角を上げた。「奴の弱点はそこだ。ウェンディゴは、心臓を体から取り出し、それを火で燃やせば殺すことができる」

それはつまり、ティモシー自身の弱点でもある。ウェンディゴである彼だからこそ知り得る情報だ。ティモシーの顔を見上げると、彼は「これは私と君だけの秘密にしておいてくれ」と言ってにやりと笑った。

「まずは、私が心臓を取り出す」

「どうやって」

「罠《わな》を仕掛ける」

ティモシーは左脇にミキオを抱えたまま、右手を地面に向けて翳《かざ》した。その瞬間、不思議なことに床の一部が凍り付いてしまった。どうやらこの怪物は掌《てのひら》から冷気を放つことができるらしい。先住民の間でウェンディゴが氷の精霊と謳《うた》われていることを、ミキオはふと思い出した。

ティモシーはキメラを囲むように地面を凍らせると、

「援護してくれ」

と、ミキオに告げた。

「了解」

頷き、ミキオはコンテナの裏に隠れた。キメラに向かって銃口を構え、連続して発砲する。狙いは怪物の足だ。弾切れになるまで撃ち続けた。

拳銃ではたいしたダメージは与えられずとも、ふらつかせるくらいはできる。目論見通《もくろみ》り、ミキオの攻撃にキメラはよろけ、凍った床に足を踏み入れた。

その瞬間、つるんと足を滑らせ、継ぎ接ぎの体が大きな音を立てて倒れた。仰向けに転がる巨体に、すばやくティモシーが圧《の》し掛《か》かる。勢いよく手刀を胴体に突き刺すと、心臓を鷲掴《わしづか》みにして体の中から引き千切った。

よし、やったぞ——作戦が成功し、ミキオは声をあげた。

ところが、心臓を抜かれたキメラが思わぬ反撃に出た。炎を吐き出すと同時に大きな腕を無造作に振り回し、ティモシーの頭部を殴りつけた。炎に包まれたまま体を弾《はじ》き飛《と》ばされ、ティモシーは勢いよく壁に激突した。焼け焦げた角は折れ曲がり、コンクリートにひびが入るほどの勢いだ。叩きつけられた衝撃で、ティモシーの掌からキメラの心臓が転がり落ちた。

「ティモシー！」

彼はすぐに立ち上がろうとしていたが、頭を強く打ち付けたせいで足元がふらついている。見失った心臓を探しているうちに、キメラが再びティモシーに襲い掛かった。大きな巨人の拳が、骸骨のような胴体に振り下ろされる。

よろめき、その場に膝をついたティモシーに、今度はキメラが馬乗りになった。大きな掌で喉元を掴《つか》み、力を込めて首をへし折ろうとしている。

ティモシーの苦しげな呻《うめ》き声《ごえ》が響き渡る。くそ、とミキオは舌打ちした。このままではまずい。ティモシーが殺《や》られてしまう。だが、攻撃の手段がない。銃は弾切れだ。

「ちょっと借りるぞ！」

ミキオはキャメロンの死体に駆け寄り、その手から拳銃を抜き取った。

即座に怪物の正面に回り込み、

「おい、化け物！」

ミキオは叫んだ。

火竜が顔を上げた。その隻眼がミキオを捉える。

「もうひとつの目も潰してやるよ！」

キメラの腕がティモシーから離れ、こちらに伸びてきた。目の前まで迫っている。ミキオは狙いを定め、引き金を引いた。巨人の掌がミキオの胴体を摑むと同時に、放たれた銃弾がキメラの左目に直撃した。

グアァ、と悲鳴をあげながら、怪物が暴れ狂う。左手で顔を覆い、右手でミキオを摑んだまま、瞳を潰された激痛にもがき苦しんでいる。

ミキオは顔を歪めた。

「う、ぐ」

食い縛った歯の隙間から呻きが漏れる。ミシ、と骨が軋《きし》む音が聞こえた。まずい、このままでは握り潰される。息苦しさと激痛に気が遠くなっていたところ、ティモシーが起き上がり、キメラの胴体に勢いよく体当たりした。不意を突く攻撃に、キメラの体がよろける。腕の力が弱まり、ミキオの体は投げ出された。

地面を転がり、ミキオは激しく咳《せ》き込んだ。と、そのときだった。ミキオは視線の先に赤い塊が落ちていることに気付いた。――ナンバー6の心臓だ。

這《は》うようにして近付き、血に塗《まみ》れた心臓を拾い上げた。どくどくと脈打つそれを手に握

りしめ、

「こっちだ、化け物！」

ミキオはキメラに向かって叫んだ。まるで犬でも呼びつけるかのように口笛を吹く。

両目を潰された怪物は、今や聴覚だけが頼りだ。敵の声に反応し、蜥蜴《とかげ》のような顔がミキオに向き直る。

次の瞬間、キメラが口を大きく開いた。

そして、ミキオに向かって炎を噴き出す。

——と同時に、右手に握っていた心臓を、ミキオは投げた。

炎の渦に投げ込まれた心臓は、一瞬にして塵《ちり》と化した。直後、キメラは苦しげにのた打ち回り、断末魔の叫びをあげながら頽《くずお》れた。

心臓を燃やせばウェンディゴは死ぬ——これでキメラは退治できた。

ただひとつ誤算だったのは、その火の勢いだ。

最後にキメラの口から吐き出された炎は、今までの中で最も威力が強く、今にもミキオの体を飲み込もうとしていた。

熱風が鼻先を掠《かす》める。飛び散った火の粉が頬を焼く。

まずい、と危機を覚えたその瞬間、冷ややかな空気がミキオの体を包み込んだ。瞬く間に、ミキオの目の前に分厚い氷の壁が現れた。

驚いてティモシーを見遣《みや》ると、彼はうつ伏せに倒れたまま、ミキオに向かって掌を翳していた。

激しく燃え盛る炎が、氷の壁をみるみるうちに溶かしていく。だが、壁を貫通するよりも先に、火は勢いを失った。

ふう、とティモシーが安堵《あんど》の息を吐く。「……危なっかしいな、君は」

「悪い、助かった」

間一髪だった。ティモシーが防護壁を作ってくれていなければ、今頃ミキオは丸焼きになっていたことだろう。

「おい、ティモシー」倒れている怪物に歩み寄り、声をかける。「大丈夫か」

残された力を振り絞り、ティモシーは擬態し、人の姿に戻った。満身創痍《まんしんそうい》だった。灰色の髪の毛は乱れ、長い前髪が痣《あざ》の目立つ顔にかかっている。肌の一部は火傷《やけど》し、腕やわき腹の擦り傷からは血が流れていた。

「酷《ひど》い怪我《けが》だ」

顔をしかめたミキオに、

「……大丈夫、一週間ほど休めば治るさ」

と、ティモシーが片目をつぶってみせた。さすがの彼もかなり疲弊しているようで、息が乱れている。痛々しい姿だが、怪物を退治し、命懸けで相棒を守った名誉の負傷に、ティモシーはどこか誇らしげな表情を浮かべていた。「チームワークの勝利だな」

「ああ」

「たくさん働いたから、お腹《なか》が空いた」

「俺は喰《く》うなよ」

「喰わない」

ティモシーは仰向けになり、天井を仰ぐと、

「ルームメイトがいなくなったら、寂しいじゃないか」

と、掠れた声で言った。

ミキオはその隣に腰を下ろした。久々の激しい戦闘のおかげで、自分も息が上がっている。なにはともあれ、因縁の怪物は退治できた。ふっと体の力が抜け、ミキオも大の字になって地面に寝転がった。

そういえば、と思い出す。「……お前、言ってたな。ルームシェアはお互いに譲歩することが大事だって」

「ああ、言ったね」

「俺も譲歩してやるよ」ミキオは倉庫の天井を見つめたまま告げた。「隠れ家は解約しろ。お前が家で飯を食うことを、許してやる」

ティモシーが首を曲げ、こちらに顔を向けた。驚き、目を丸める。「……本当に?」

「ただし、調理済みのものだけだぞ。人間の原形を留《とど》めてるものは駄目だ。丸焼きとか、生ものとか」

「注文が多いな」ティモシーは苦笑した。「でも、努力はするよ」

エピローグ

研究所の檻《おり》に閉じ込められていたノンヒューマンたちを解放してから、二人は自宅に戻った。満身創痍のティモシーはしばらく休暇を取り、泥のように眠っていた。怪我が完治したのは宣言通りの一週間後だった。

その間、同じく休暇をもらったミキオは花束を手に、墓地に眠る同僚たちへの報告を済ませることにした。犠牲となった九人の隊員の墓を前にして、一連の事件の真相について語った。まさか怪物と手を組んで怪物を倒すことになるとは、と。

とはいえ、人造ノンヒューマンであるナンバー6を退治し、同僚たちの仇《かたき》を討つことができたのも、すべてはあの怪物のおかげだ。

「最初はどうなることかと思ったけど」ミキオは同僚の墓石の前で独《ひと》り言《ご》ちた。「まあ、あいつともうまくやっていけそうだ」

彼らのような犠牲者を出さないためには、ＥＡＴでの仕事をこなすしか、今の自分にできることはない。この世界にいる怪物の数を想像したら気が遠くなりそうだが、それでもひとつひとつ事件を解決していくしかないだろう。些細《ささい》なことかもしれないが、意味のあることだと思いたかった。

報告を終えると、墓石に背を向け、墓地を出た。

車に乗り込み、ミキオはブルックリンの自宅へと戻った。リビングにティモシーの姿はなかった。自室にいるようだ。

キッチンに向かい、水を飲もうと冷蔵庫を開けたところで、ミキオはぎょっとした。

「……ティモシー!」

すぐに同居人の名前を叫ぶ。

怒気をはらんだその声色に、いったい何事かと家主が部屋から飛び出してきた。「どうした、ミキオ」

「これはなんだ!」

顔に青筋を立てて指差すと、

「脳みそのマリネだが」

と、ティモシーは悪びれもせずに答えた。

冷蔵庫に入っていたのは、漬け汁に浸された人間の脳だった。

「今日の昼食にしようと思って」

嬉々《きき》として話す怪物に、ミキオは頭を抱えた。

——うまくやっていけそう？　これのどこがだ。

楽観的過ぎる自分の発言を撤回したくなる。

「原形を留めているものは駄目だって、言っただろ」

「留めてないじゃないか。ちゃんとバラバラに解《ほぐ》した」

「やめろ、気持ち悪い」

調理法を想像してしまい、吐き気が込み上げてくる。ミキオは「うっ」と口を押さえた。

「マリネも駄目か。いったいどの料理なら大丈夫なんだ？」

「ミートパイにしろ」

「最近ミートパイばかりだぞ。心臓もミートパイ。肝臓もミートパイ。もう三日も食べてる。いい加減飽きてしまったよ。君だって、毎日同じ料理は食べたくないだろう？」

文句を言うティモシーに、ミキオはため息をついた。

「だったら、ハンバーグはどうだ？」

「ハンバーグか、まあいいだろう。今日の夕食はメキシコ系アメリカ人のハンバーグにしよう」

ティモシーが満足げに頷《うなず》いた。ミキオは再び「うっ」と口を押さえた。

コーヒーを淹《い》れながら、

「それで？」とティモシーが話を振る。「どうだった、墓参りは」

「ああ。いい報告ができてよかったよ」

あの日以来、ミキオが例の悪夢を見ることはなかった。墓参りも済ませ、ようやくあの事件から解放されたように感じる。

「彼らが安らかに眠れるといいね。万が一、死体が蘇《よみがえ》ってしまったら、我々が退治しないといけなくなる」

「縁起でもないことを言うな」

と、そのときだった。ミキオの電話に着信があった。相手はモリスだ。「はい」とすぐに応答すると、上司が真面目な声色で告げる。

『休暇中すまないが、仕事だ。悪魔が出たそうだ』

「悪魔なら」ミキオはルームメイトを一瞥《いちべつ》した。「もう間に合ってます」

『そうだな。その悪魔を連れて、すぐに現場へ向かってくれ』

奇々怪々な出動要請にもすっかり慣れてしまった。「了解」と答えて通話を切ると、ミキオはマリネを味見している相棒に声をかけた。

「事件だ。行くぞ、ティム」

「今度はなんだって？」

「悪魔が出たらしい」

「それは大変だ、早く行こう」出掛ける支度をしながら、ティモシーは楽しげに昔話を語っている。「今から百年ほど前の話だが、バチカンを旅していたら悪魔と間違われてしまってね。教皇庁に所属するエクソシストが私を祓《はら》いにきたんだ。もちろん、私には聖水も十字架もラテン語の呪文も効かない。彼らは途方に暮れていたよ」

「そのエクソシストも喰ったのか？」

「まさか。食べるわけがないじゃないか」

首を振る相棒に安堵したのも束《つか》の間《ま》、ティモシーは眉をひそめて言った。

「聖職者の肉は美味《おい》しくないんだ」

END

あとがき

昔、馬小屋を掃除する手伝いをしていました。汚れた敷料《しきりょう》をスコップですくい、一輪車で外に運び出して捨て、新しいおが屑《くず》を中に敷き詰める、という作業。これがなかなかの重労働で、当時の私はまだ中学生だったので体力も腕力も弱く、ひとつの馬房を綺麗《きれい》にするのに二時間以上かかってしまいました。特に夏場は大変で、馬房はサウナのように蒸し暑く、悪臭も強まり馬糞《ばふん》には蝿《はえ》が集《たか》っています。それでも楽しく仕事を全うできたのは、やはり馬が好きだったからです。おやつをあげたりブラッシングしたりして馬と触れ合うことも、馬に乗って駆け回ることも大好きでした。

ですがその一方で、私は馬刺しが大好物で、当時よく馬肉を食べていました。大人になった今でもその好みは変わらず、居酒屋に行くと必ずといっていいほど馬刺しを注文してしまいます。

そんな私のような人間のことを、馬はどう思うんだろうか？　自分の世話をしている人間が実は自分の仲間を食べていたとしたら、私に対してどんな感情を抱くんだろうか？　といった素朴な疑問がきっかけで、この話を書きはじめました。

海外ドラマ、特に『バフィー　恋する十字架』や『スーパーナチュラル』など、たくさんの怪物が登場する現代ファンタジーアクションを観《み》て育った影響が垣間見《かいまみ》える、どこまでも自分好みの小説が出来上がってしまったのですが、そのような作品にもかかわらず富《ふ》士見《じみ》ノベル大賞にて佳作をいただきましたこと、とても有難《ありがた》く思っております。レーベルカラーを度外視して世に出す機会をくださった富士見L文庫編集部さま、一緒に楽しくお仕事させていただいている担当編集さま、そして、こうして拙著をお手に取ってくださった読者さまに、心よりお礼申し上げます。

世界一キュートな食人鬼を書く、という目標でティモシー・デイモンというキャラクターを作りました。不気味でありながらもどこか愛らしい彼の魅力が、一人でも多くの読者さまに伝わりましたら幸甚に存じます。

田中三五《たなかさんじゅうご》

参考文献

『図説　食人全書』（原書房）マルタン・モネスティエ／大塚宏子訳
『世界の怪物・神獣事典』（原書房）キャロル・ローズ／松村一男訳
『世界の妖精・妖怪事典』（原書房）キャロル・ローズ／松村一男訳
『幻想動物事典』（新紀元社）草野巧
『妖怪と精霊の事典』（青土社）ローズマリ・エレン・グィリー／松田幸雄訳
『ゾンビ学』（人文書院）岡本健
『ゾンビサバイバルガイド』（KADOKAWA）マックス・ブルックス／卯月音由紀訳
『ウェンディゴ』（アトリエサード）アルジャーノン・ブラックウッド／夏来健次訳
『ムー的都市伝説』（学研パブリッシング）並木伸一郎
『図解　吸血鬼』（新紀元社）森瀬繚／静川龍宗編
『図解　悪魔学』（新紀元社）草野巧

『異常快楽殺人』（KADOKAWA）平山夢明
『心理捜査官　ロンドン殺人ファイル』（草思社）デヴィッド・カンター／吉田利子訳
『ケースで学ぶ犯罪心理学』（北大路書房）越智啓太
『FBI心理分析官』（早川書房）ロバート・K・レスラー、トム・シャットマン／相原真理子訳

お便りはこちらまで
〒一〇二―八一七七
富士見L文庫編集部　気付
田中三五（様）宛
およ（様）宛

富士見L文庫

EAT《イート》

悪魔捜査顧問《あくまそうさこもん》ティモシー・デイモン

田中三五《たなかさんじゅうご》

2021年8月15日　初版発行

2023年12月20日　再版発行

発行者　山下直久

発　行　株式会社KADOKAWA

〒102-8177　東京都千代田区富士見2-13-3

電話　0570-002-301（ナビダイヤル）

印刷所　株式会社KADOKAWA

製本所　株式会社KADOKAWA

装丁者　西村弘美

定価はカバーに表示してあります。

●お問い合わせ

https://www.kadokawa.co.jp/（「お問い合わせ」へお進みください）

※内容によっては、お答えできない場合があります。

※サポートは日本国内のみとさせていただきます。

※Japanese text only

ISBN 978-4-04-074125-3 C0193